Du même auteur, chez le même éditeur

ERNEST ET CÉLESTINE
Ont perdu Siméon
Musiciens des rues
Vont pique-niquer
Chez le photographe
Noël chez Ernest et Célestine
Rataplan plan plan
Au musée
La tante d'Amérique
Ernest est malade
La chambre de Joséphine
La naissance de Célestine
Au cirque
Et nous
Au jour le jour
La chute d'Ernest
Cet été-là
Le sapin de Noël
Le labyrinthe
Une chanson
Un caprice de Célestine
La cabane
Ont des poux
Les questions de Célestine

PAPOULI ET FEDERICO
Dans la forêt
À la mer
Le grand arbre

Un jour, un chien
Désordre au Paradis
Histoires au bord du lit (textes de Pili Mandelbaum)
La petite marionnette
Au bonheur des ours
Au bonheur des chats
Je voudrais qu'on m'écoute
J'ai une lettre pour vous
La montgolfière
Mon jardin perdu

Gabrielle Vincent

La naissance de Célestine

les Albums Casterman

Casterman
Cantersteen 47
1000 Bruxelles

www.casterman.com

ISBN : 978-2-203-05094-5
N° d'édition : L.10EJDN001055.C003

© Casterman, 2012
Imprimé en février 2017, en Chine.
Dépôt légal : octobre 2012 ; D.2012/0053/136
Déposé au ministère de la Justice, Paris (loi n°49.956 du 16 juillet 1949 sur les publications destinées à la jeunesse).

Tous droits réservés pour tous pays.
Il est strictement interdit, sauf accord préalable et écrit de l'éditeur, de reproduire (notamment par photocopie ou numérisation) partiellement ou totalement le présent ouvrage, de le stocker dans une banque de données ou de le communiquer au public, sous quelque forme et de quelque manière que ce soit.

Comment nous nous sommes rencontrés, Célestine et moi ?
C'est aux parents que je vais le raconter…

J'étais balayeur de rue.

Il pleuvait ce jour-là

Du côté des poubelles…

J'ai entendu un léger bruit.

Quelque chose bougeait.

Je n'ai d'abord rien vu…

C'était elle !

Clémentine ? Ernestine ? Célestine ?

Célestine ?

Oui, je t'appelle Célestine !

Tu es ma Célestine !

Célestine, ouvre les yeux !

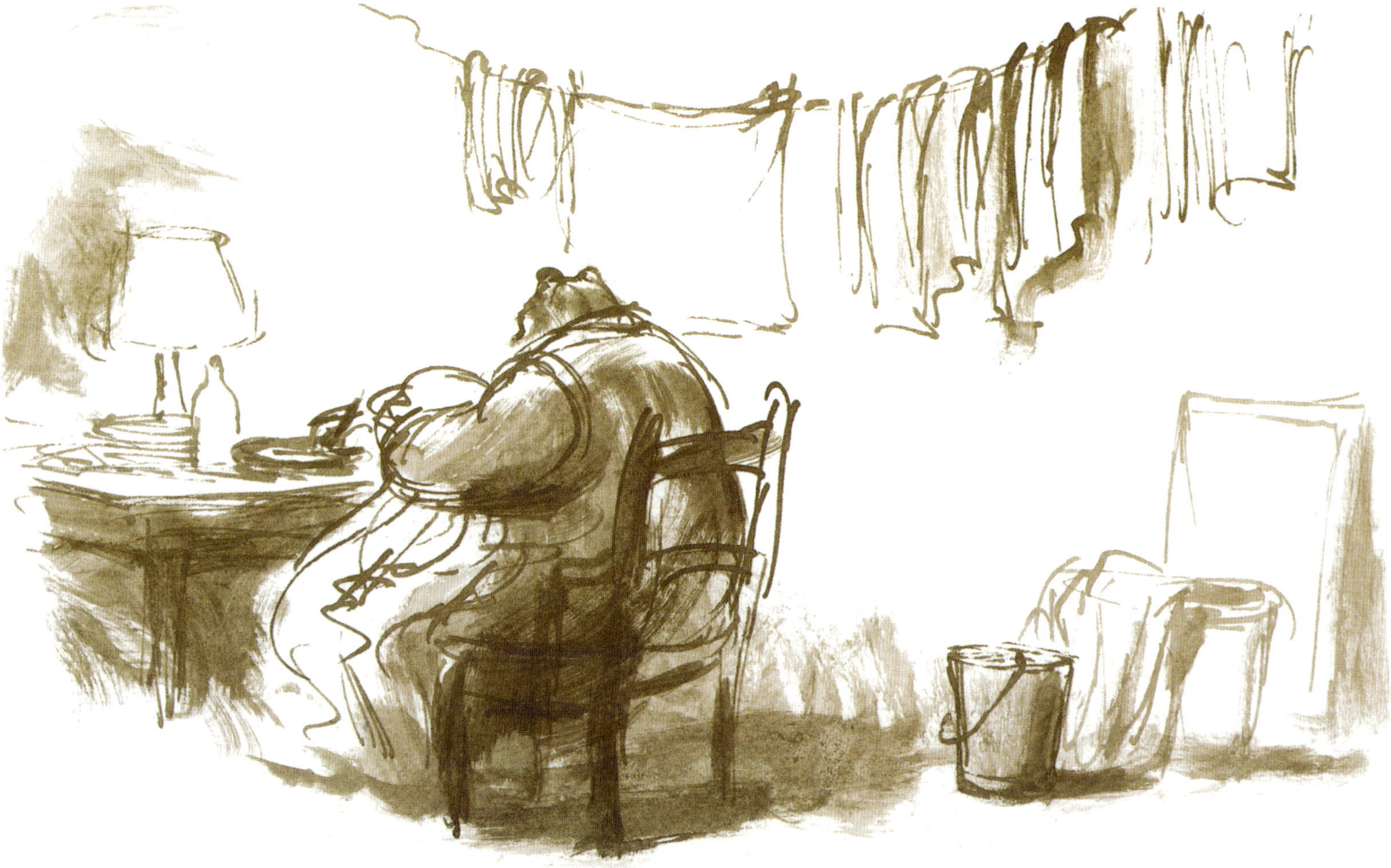

Elle ouvre un œil !

Le 3 mars. Célestine a ouvert un œil.

Et le soir elle a ouvert l'autre œil.

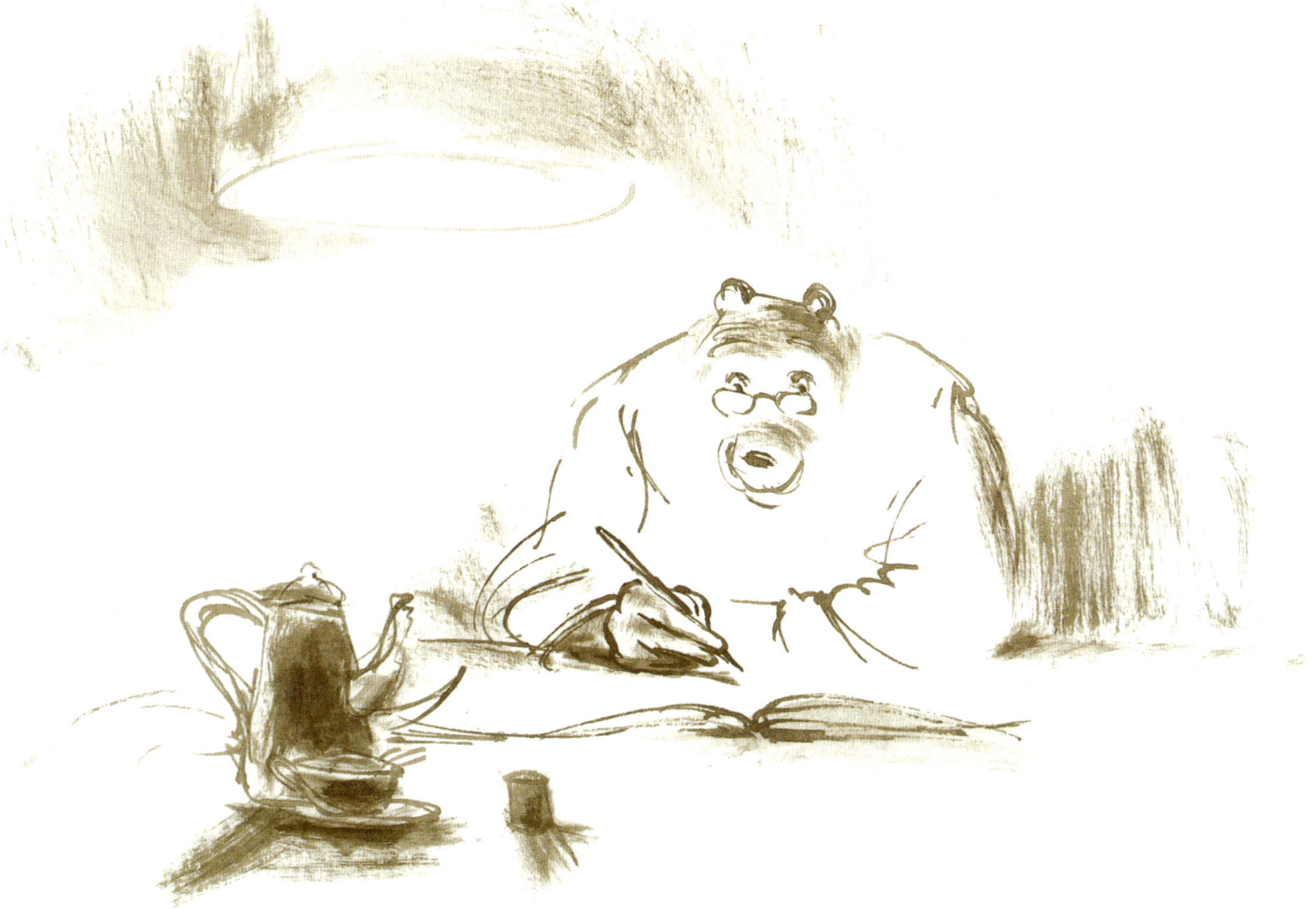

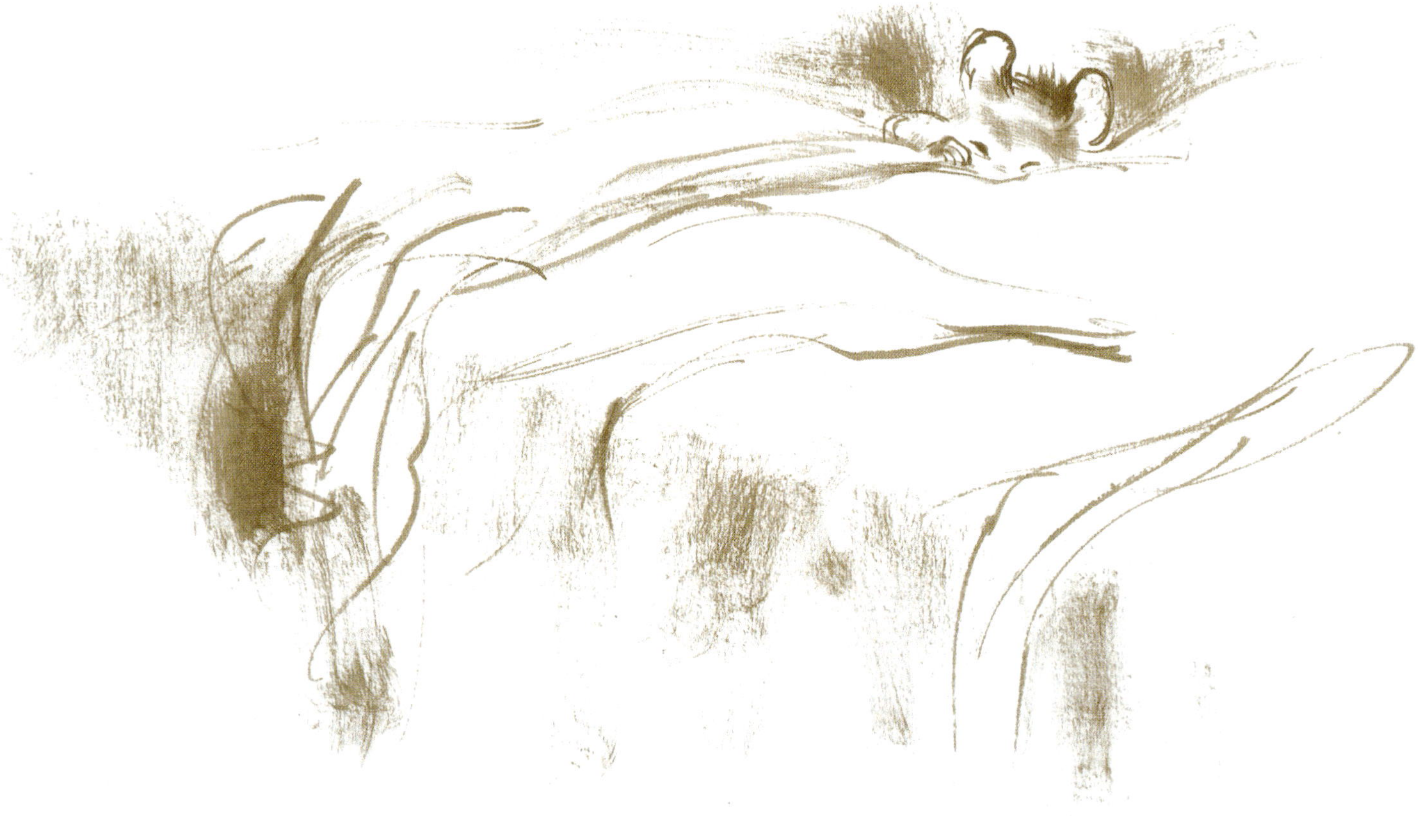

Elle m'a regardé !

Elle a ouvert les deux yeux,
et m'a regardé pour la première fois...

– Maintenant, souris-moi, Célestine !

– Je le reconnais, c'est bien lui, avec cet enfant !

– Ah ! Vous voilà ! C'est quoi ?

– Où l'avez-vous pris ?

– Vous me laissez passer, oui ou non ?

« Où l'avez-vous pris ? »

– Vous me prenez pour quoi, finalement ?

– Cet enfant est à moi !

– Cessez tous les deux, le petit pleure !

– Au bureau de police !

– Vous ne l'avez pas volé, soit…

mais où l'avez-vous trouvé, alors ?

– Allez, dis-le, Ernest !

– Dans une poubelle ?!

– Oui, dans une poubelle !

– Vous pouvez même l'écrire. Allez, écrivez !

– Ça vous fait rigoler, hein !

– Ça suffit, Ernest…

– Viens !

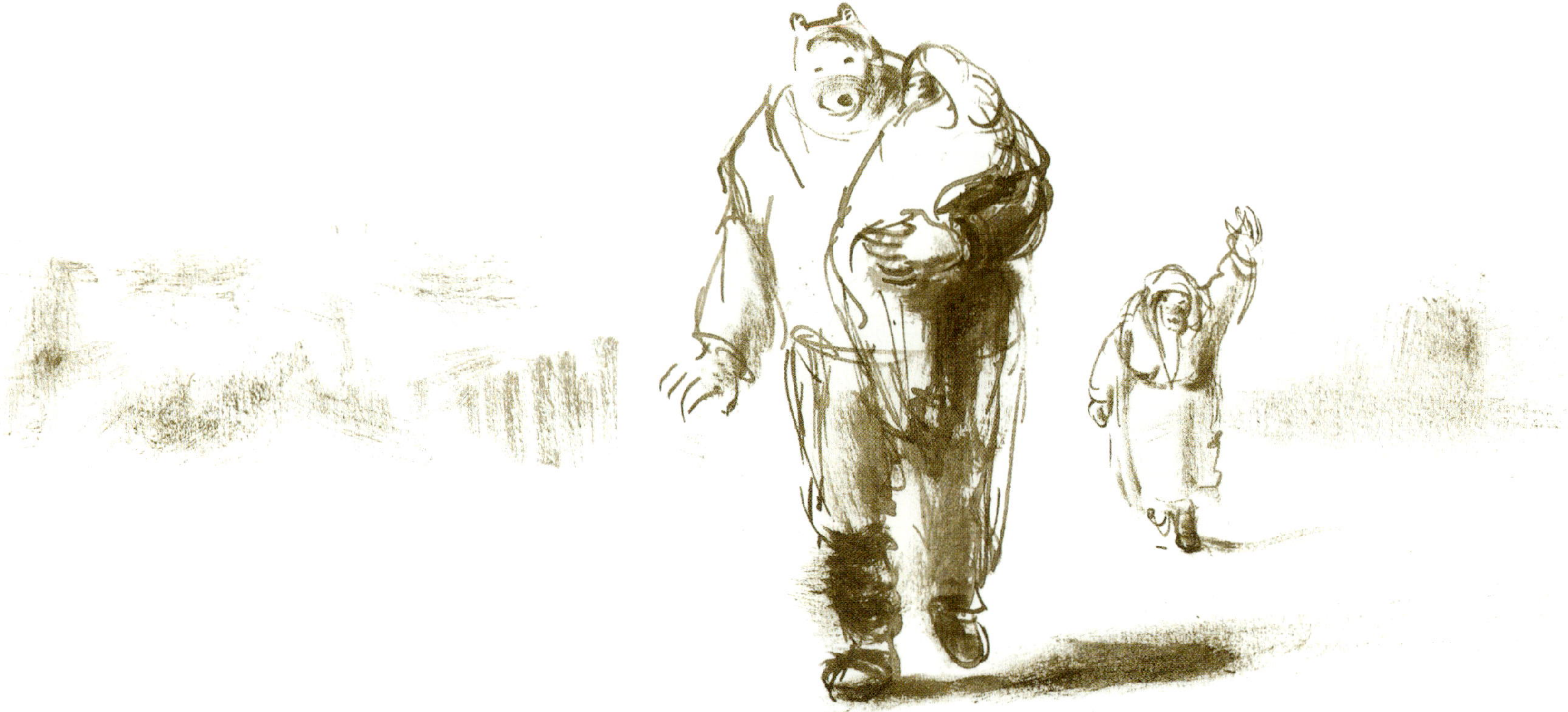

– Ils t'en ont fait un coup, les autres !
  On te voit ce soir, Ernest ?
– Non… Non non, un autre jour…

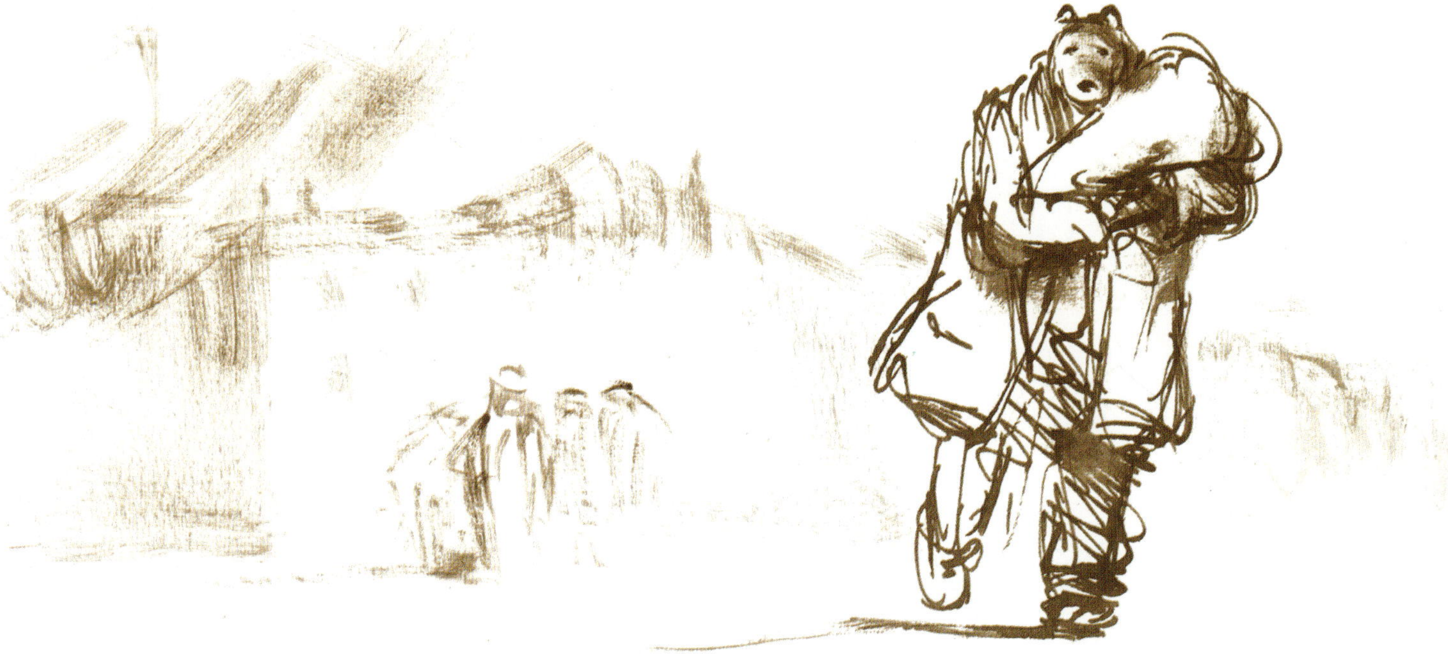

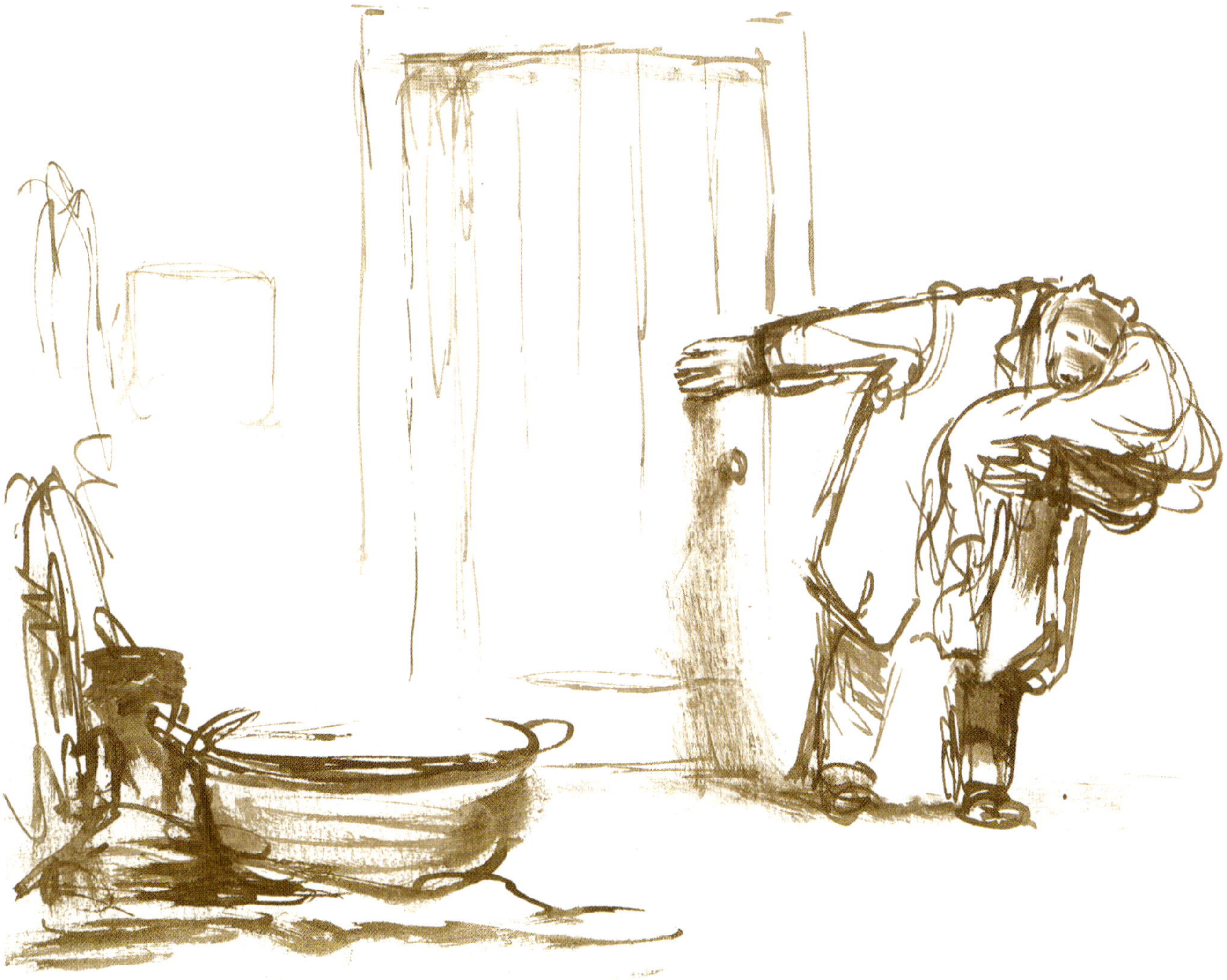

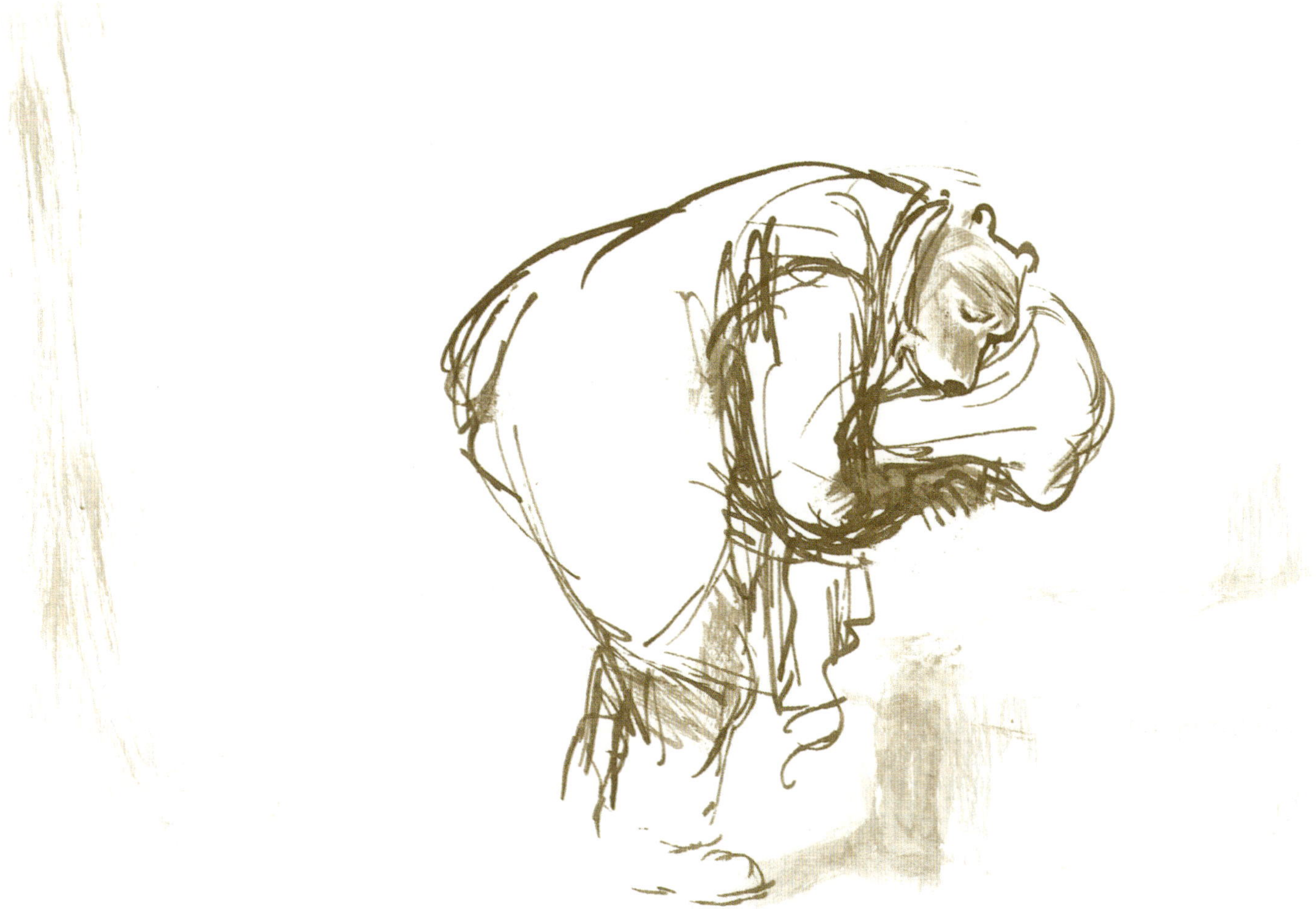

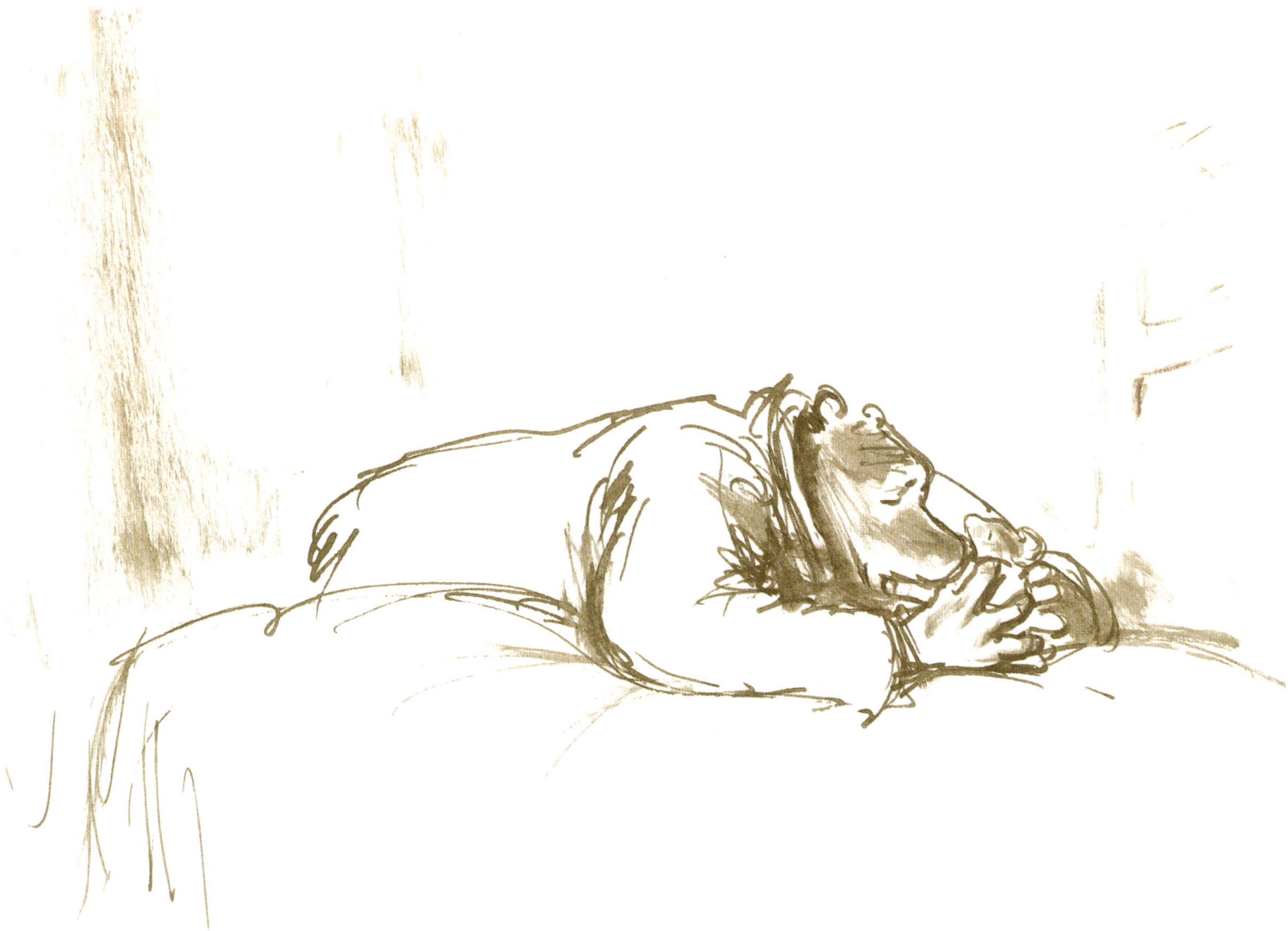

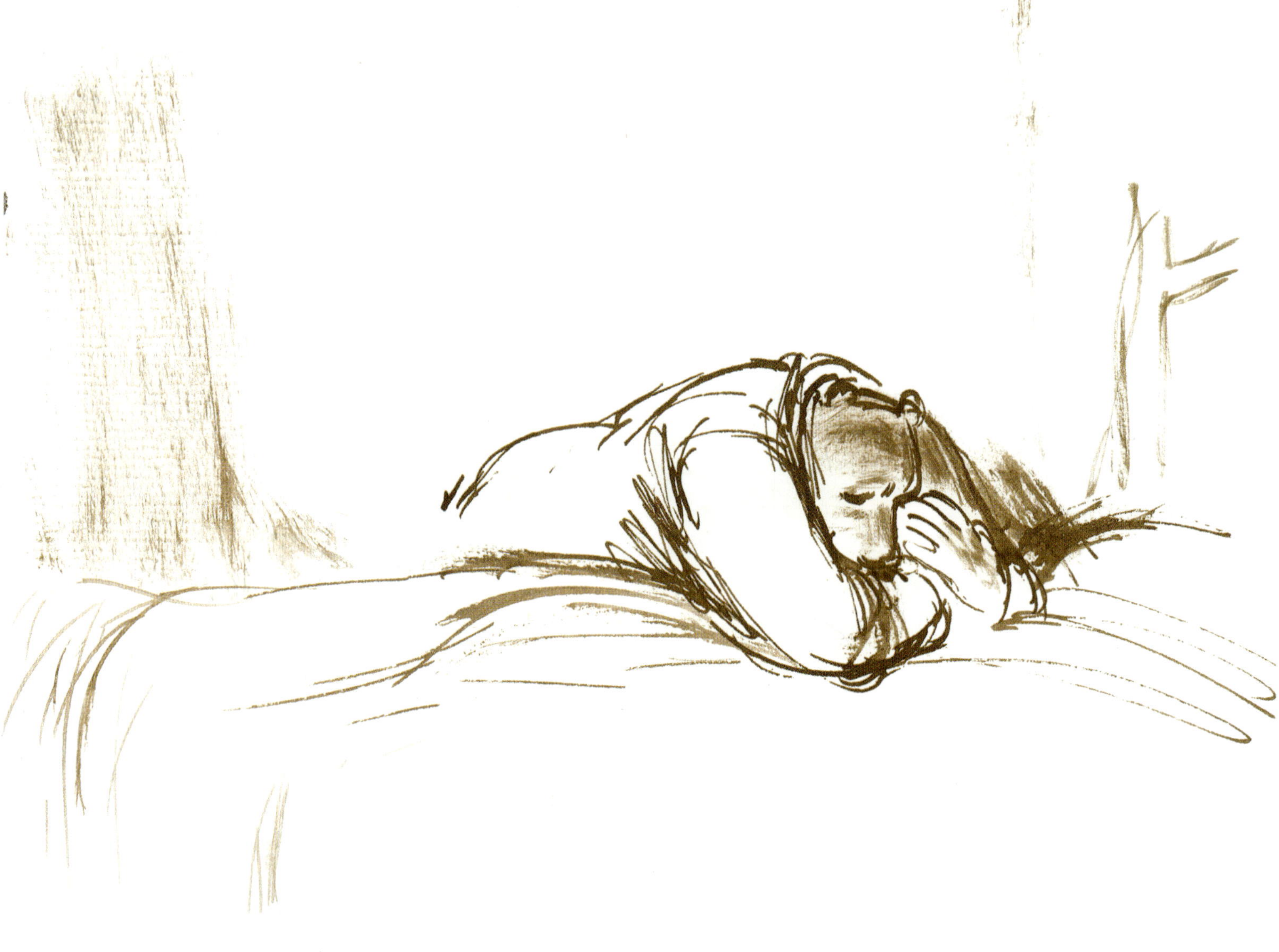

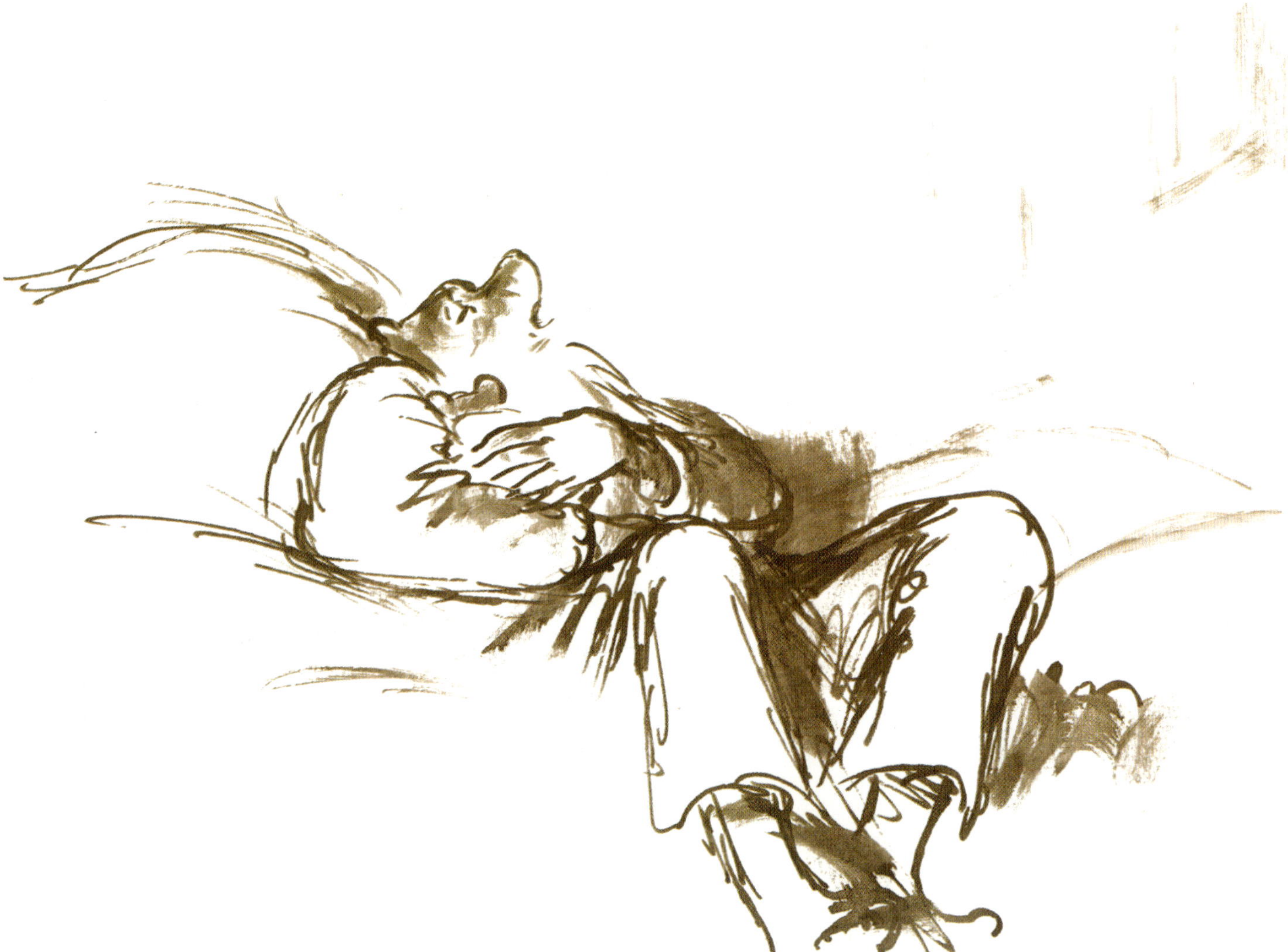

On ne me la prendra pas !

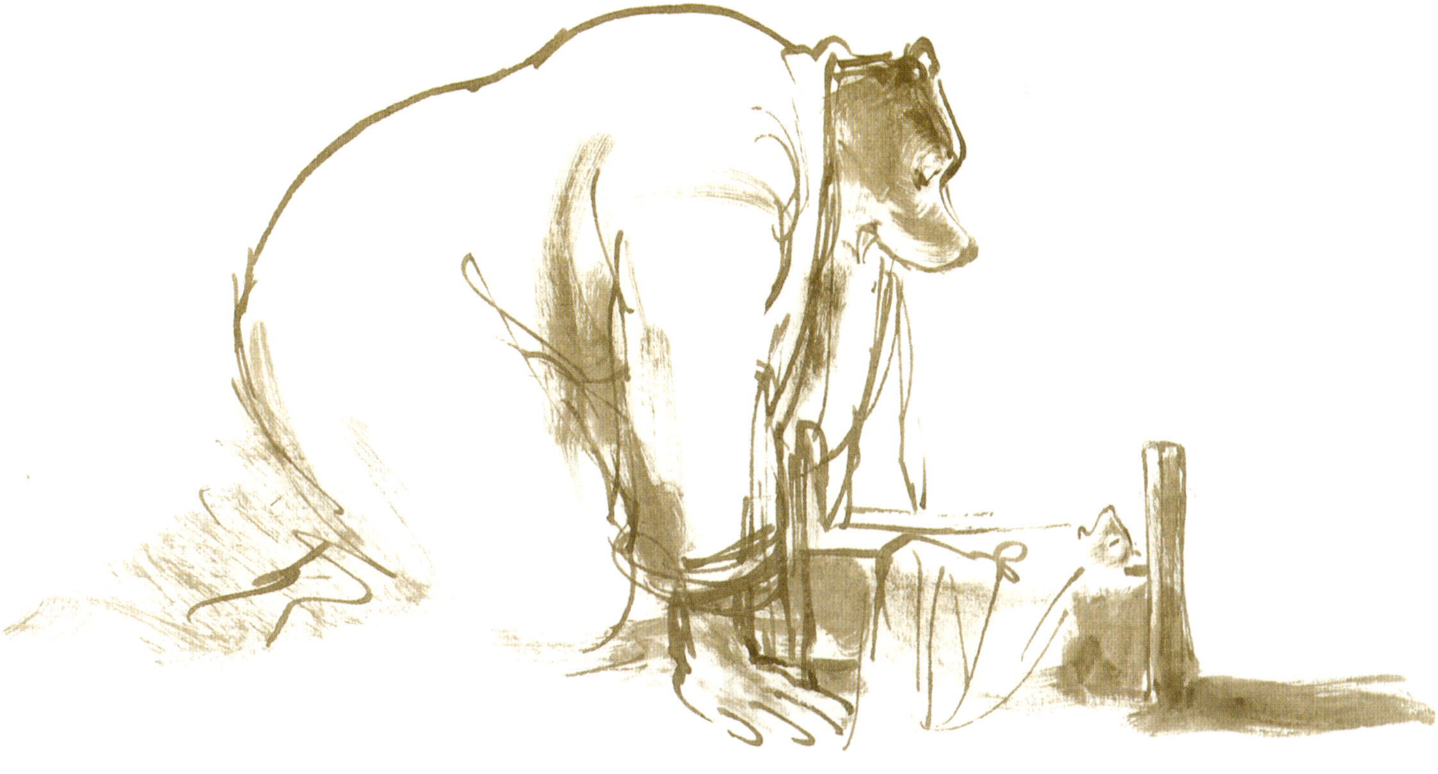

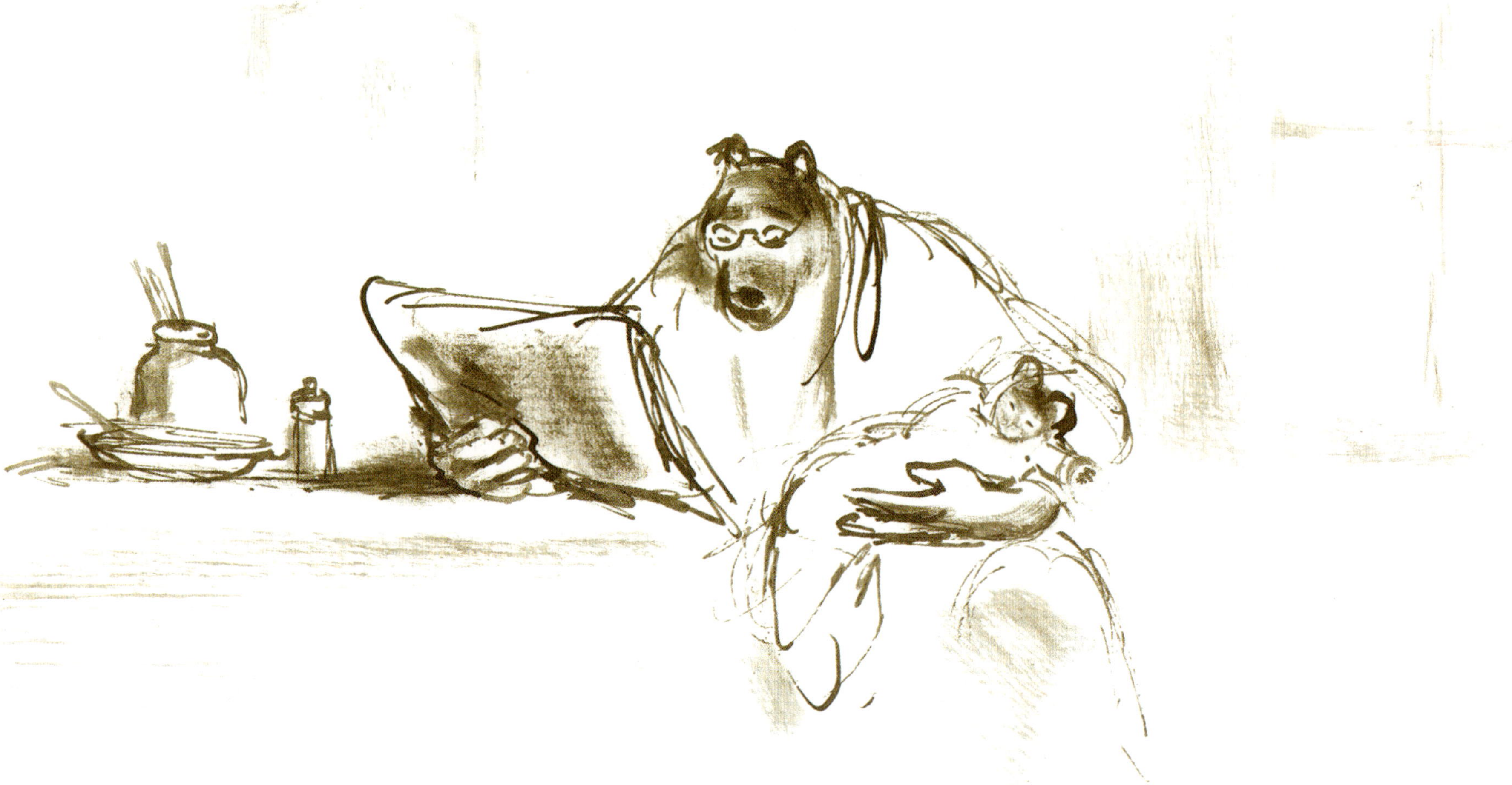

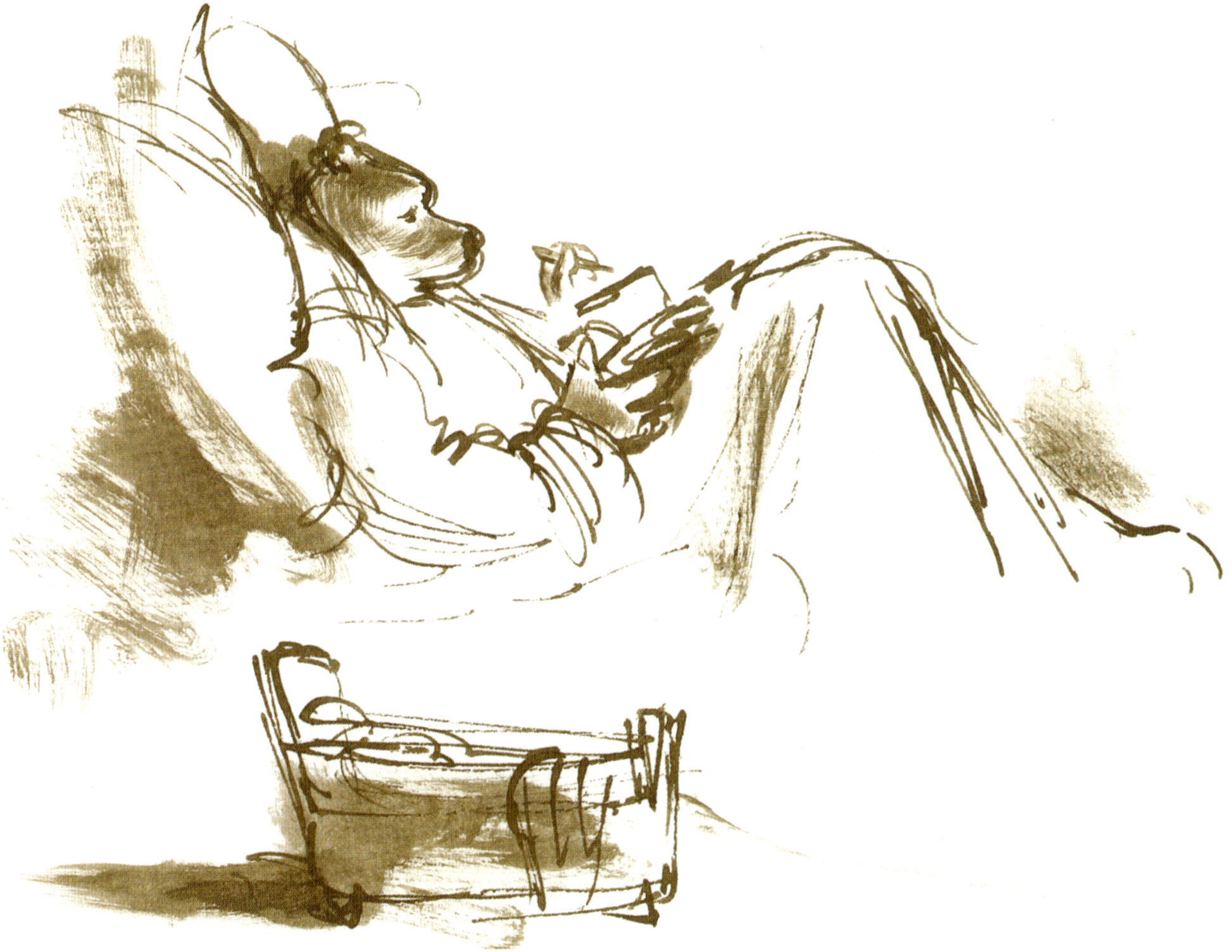

– Vous ne savez pas qu'Ernest a un enfant ?
– Si on allait voir comment il s'en tire ?

– D'habitude, il répond !

– Essayons par le jardin.

– Il est là. Regardez.

– Ne frappe pas.
   Il ne faut pas le déranger

– Il a nourri l'enfant.
Il va le recoucher.
Partons.

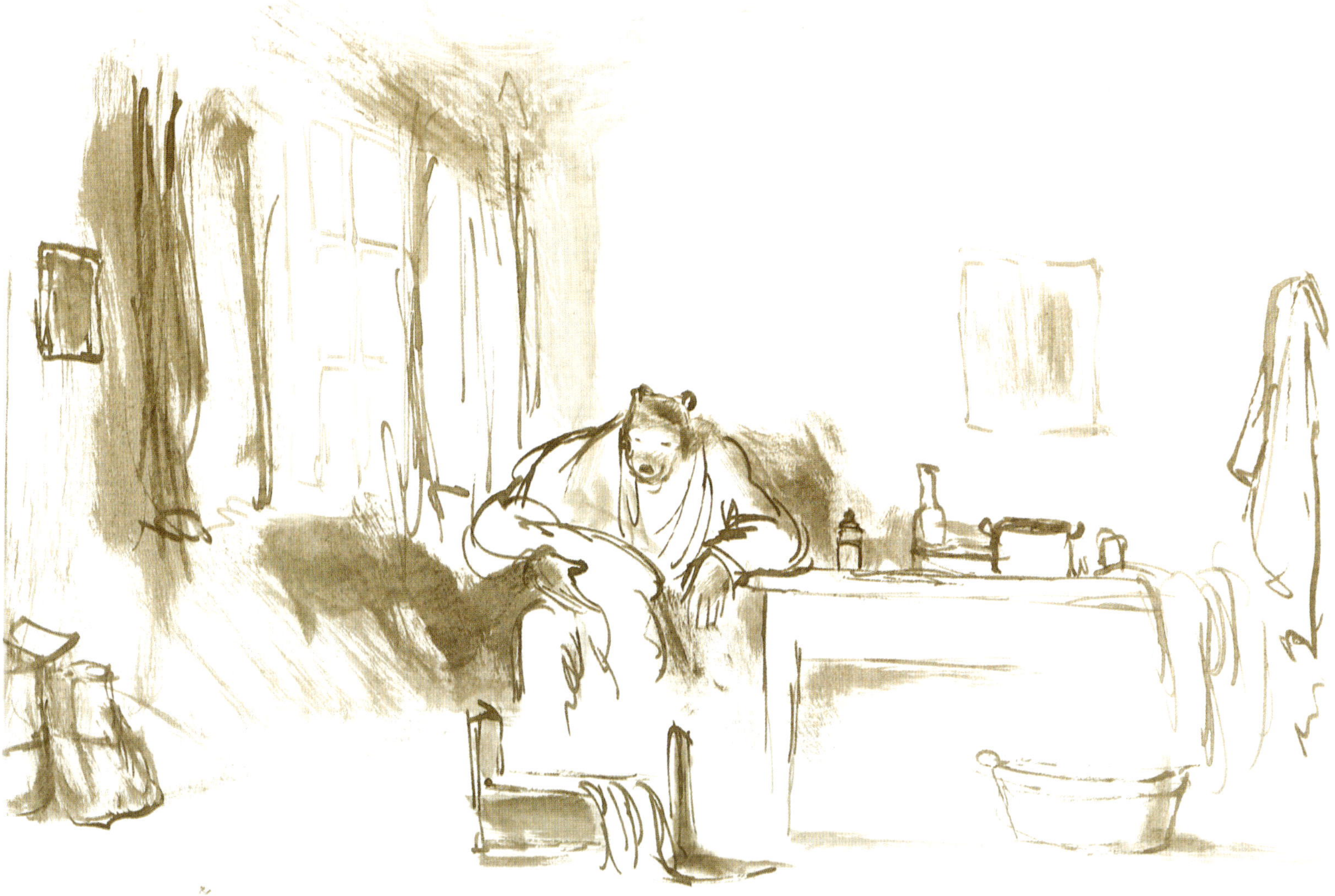

Qui est-ce ?

Ce sont mes amis.

Qu'on me laisse !

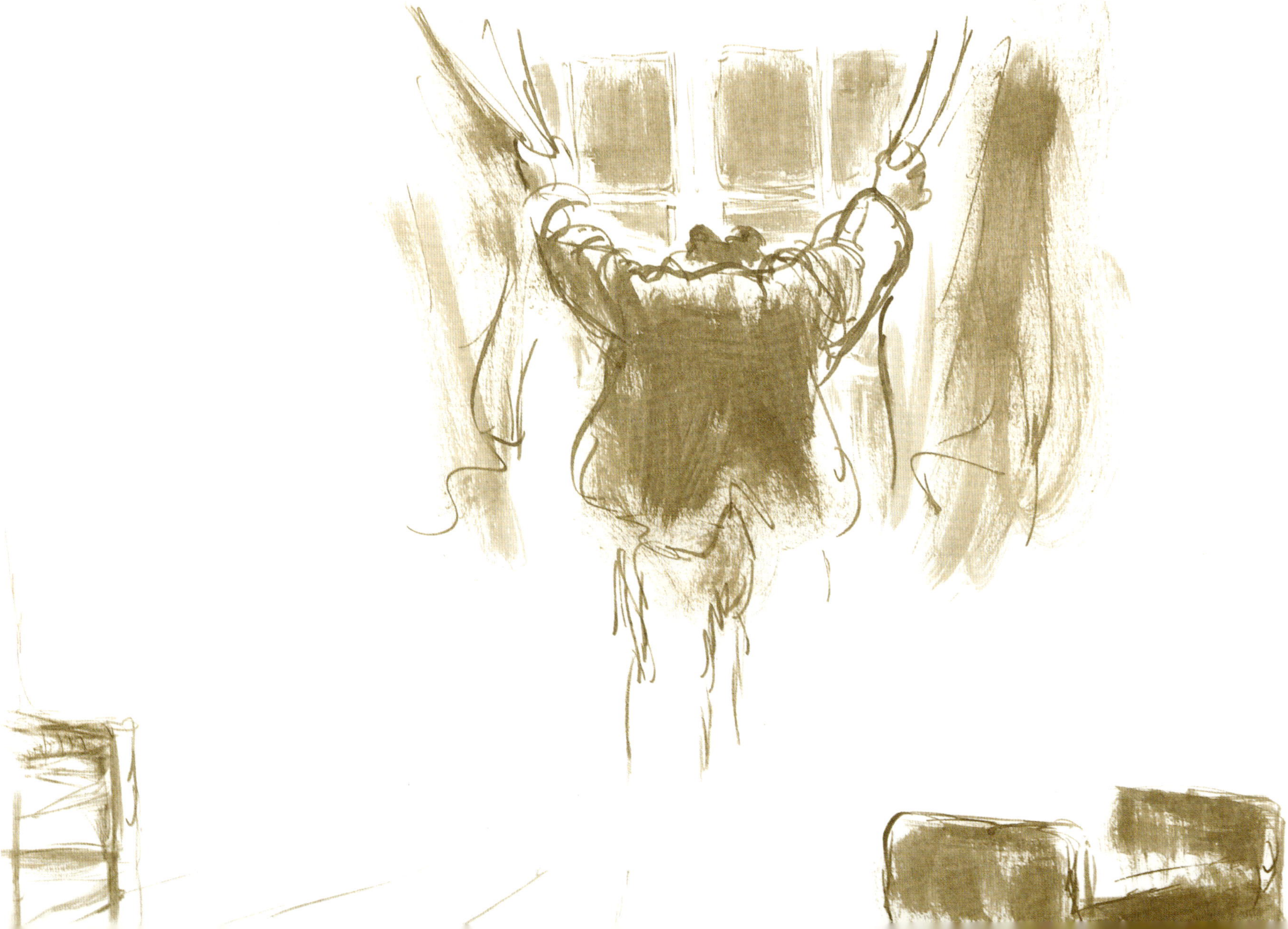

Ils partent.

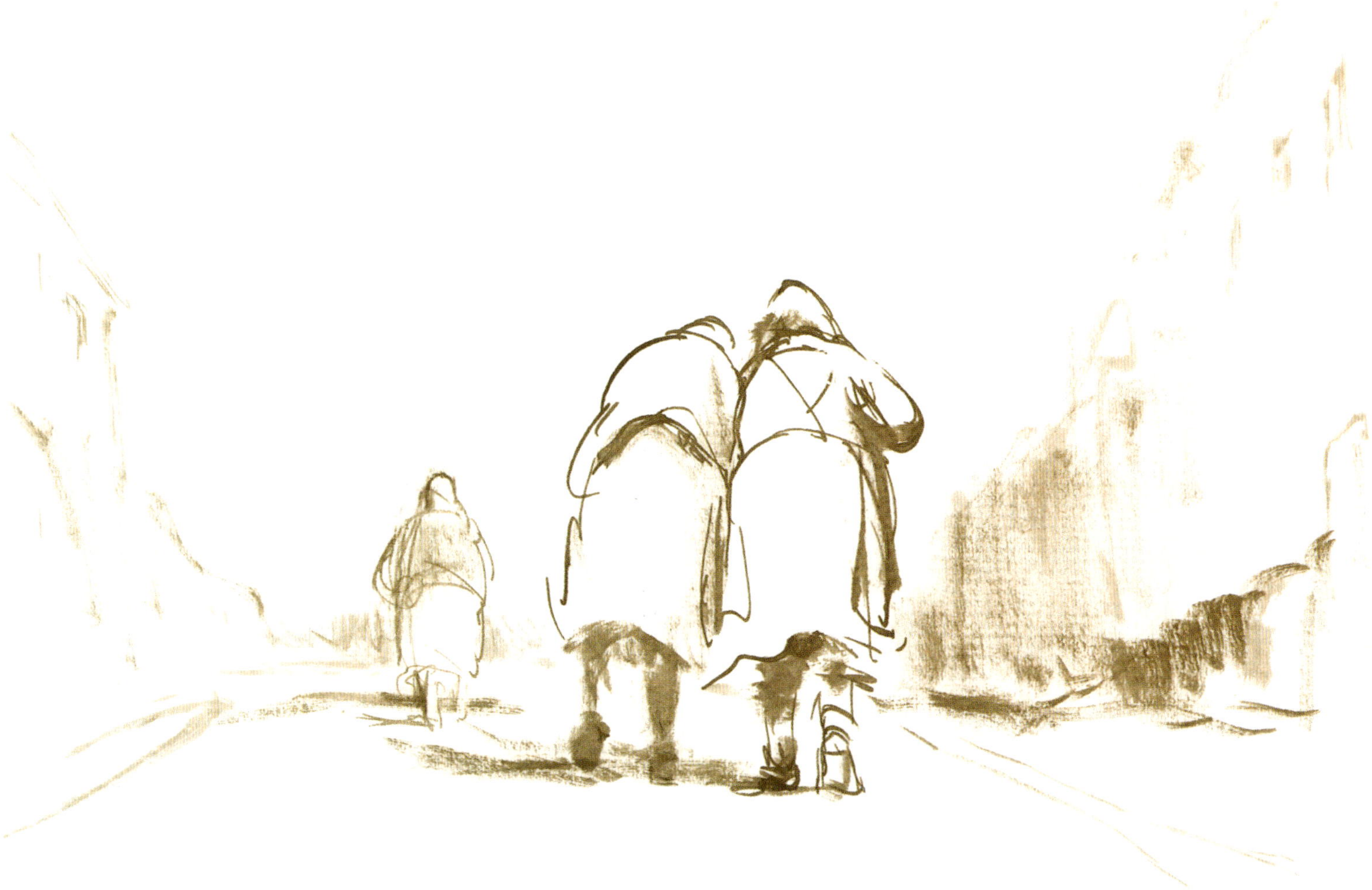

Ils sont partis !

– Ernest n'a sûrement pas assez de vêtements pour cet enfant. Viens…

– Tu as vu ? Quel petit bébé !

– Même ça, c'est trop grand pour ce môme !
Ne trie pas, on lui apporte tout !

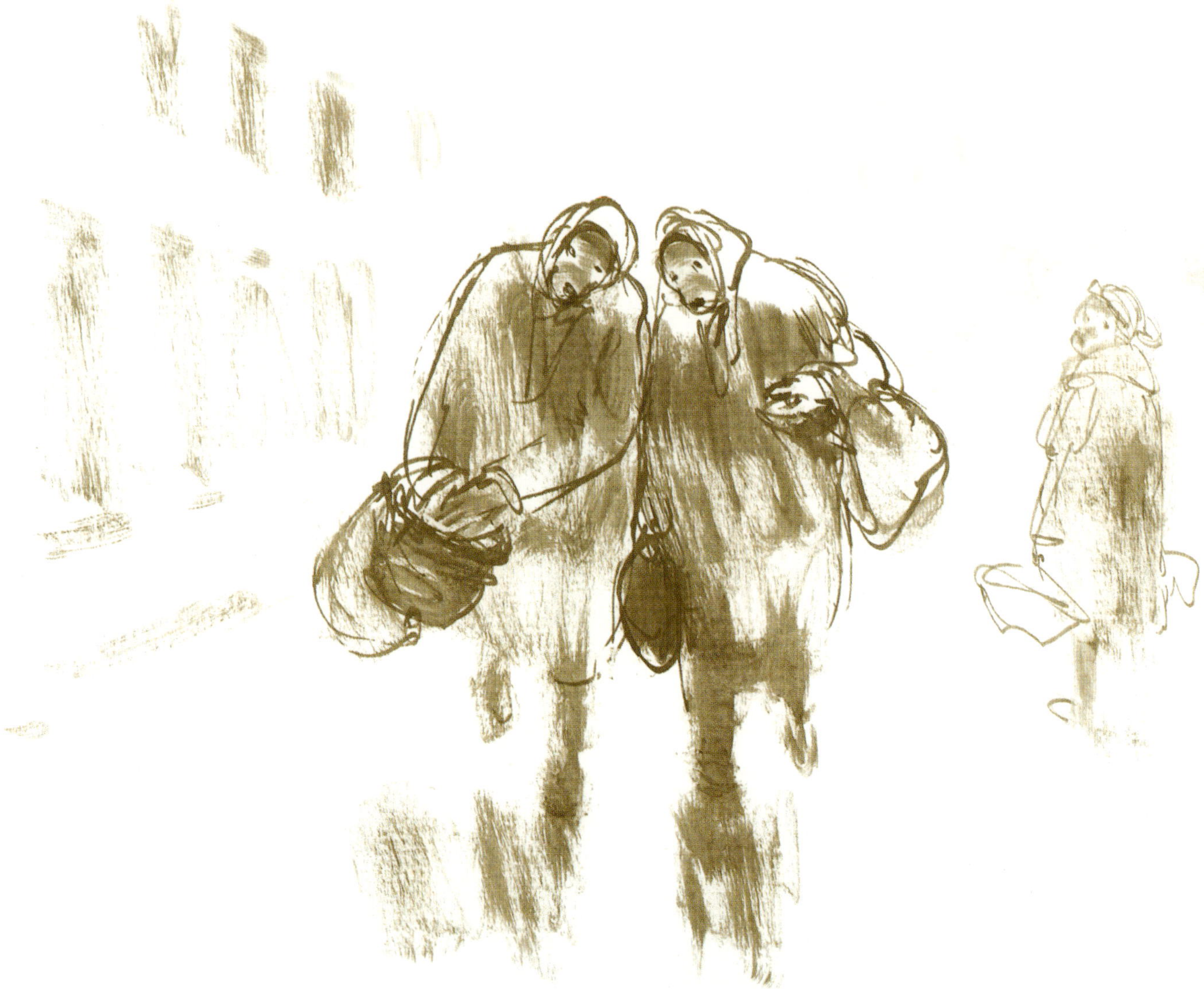

Elles me donnent tant de choses !

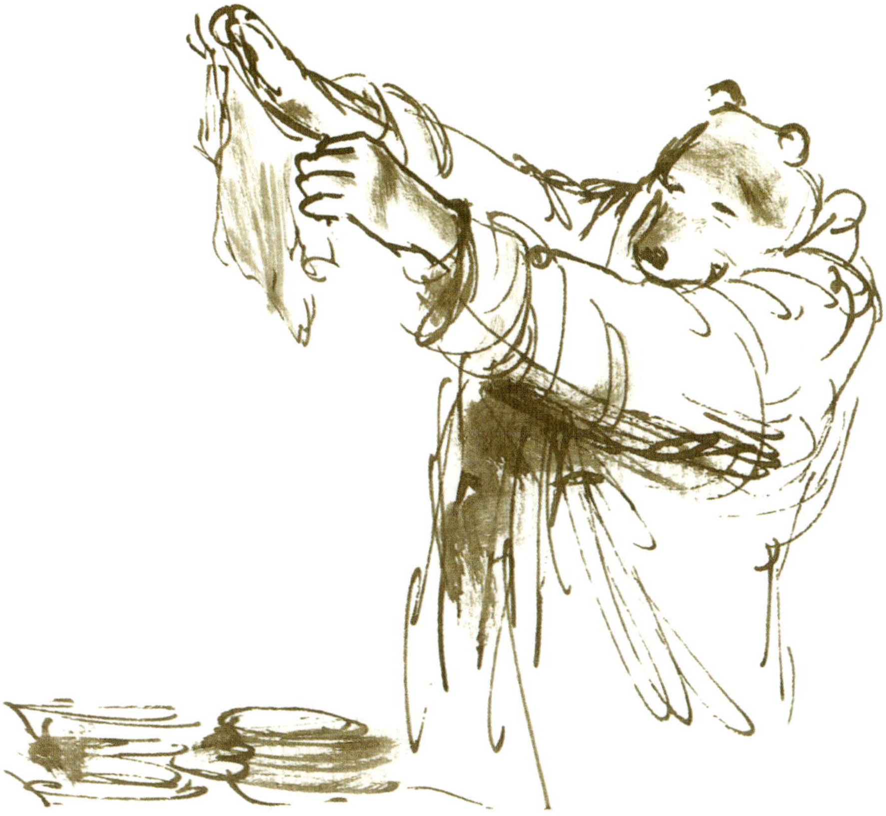

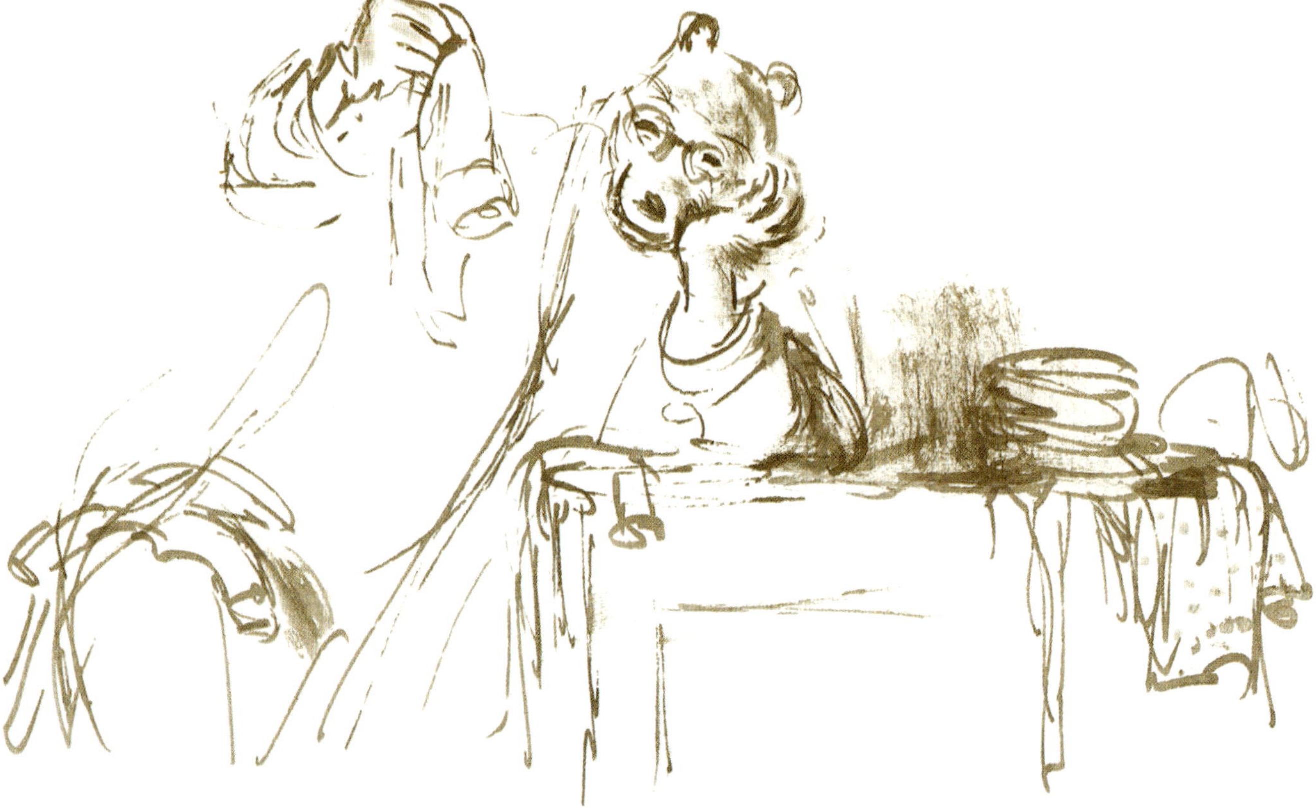

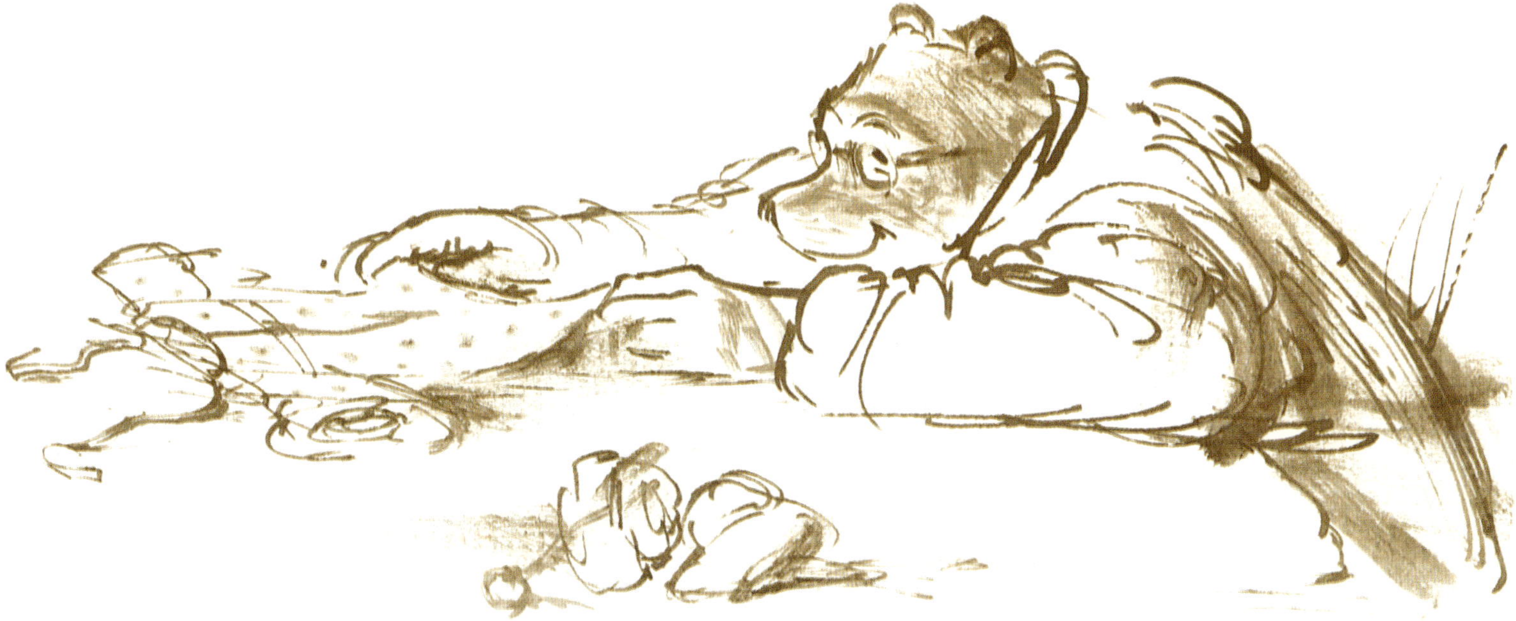

– On va les inviter, Célestine !

– Nous avons reçu ton mot, Ernest. Nous voilà.

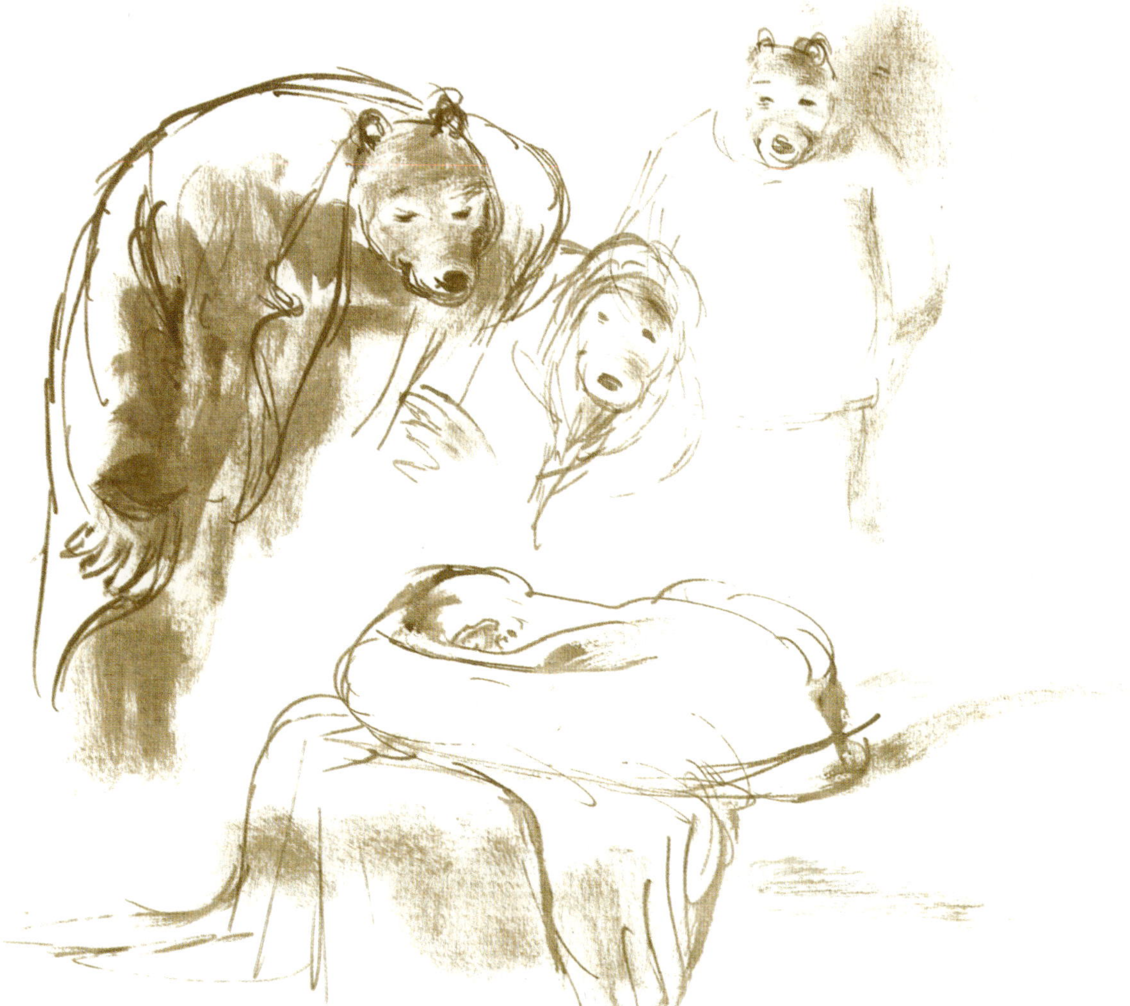

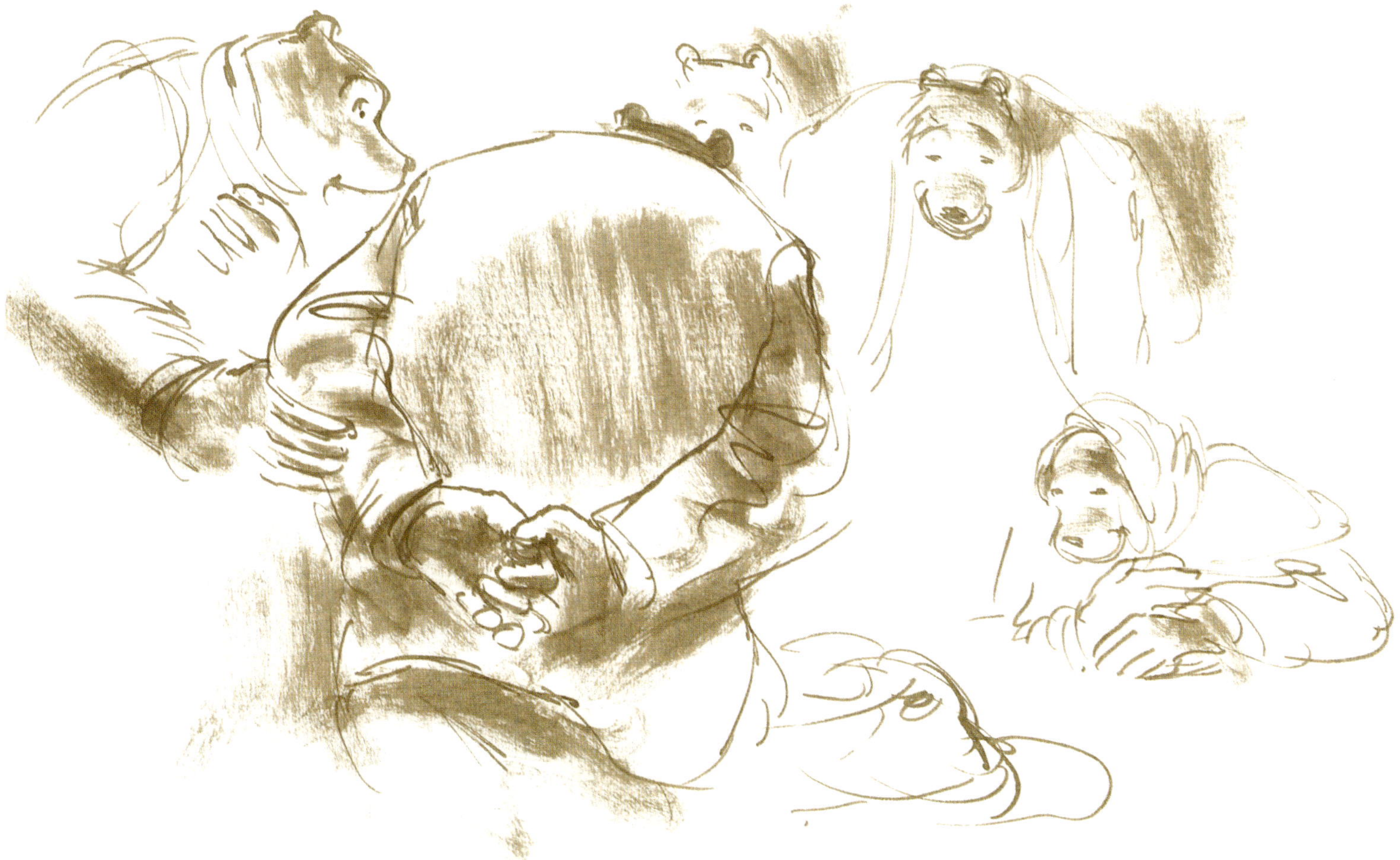

– Merci encore !

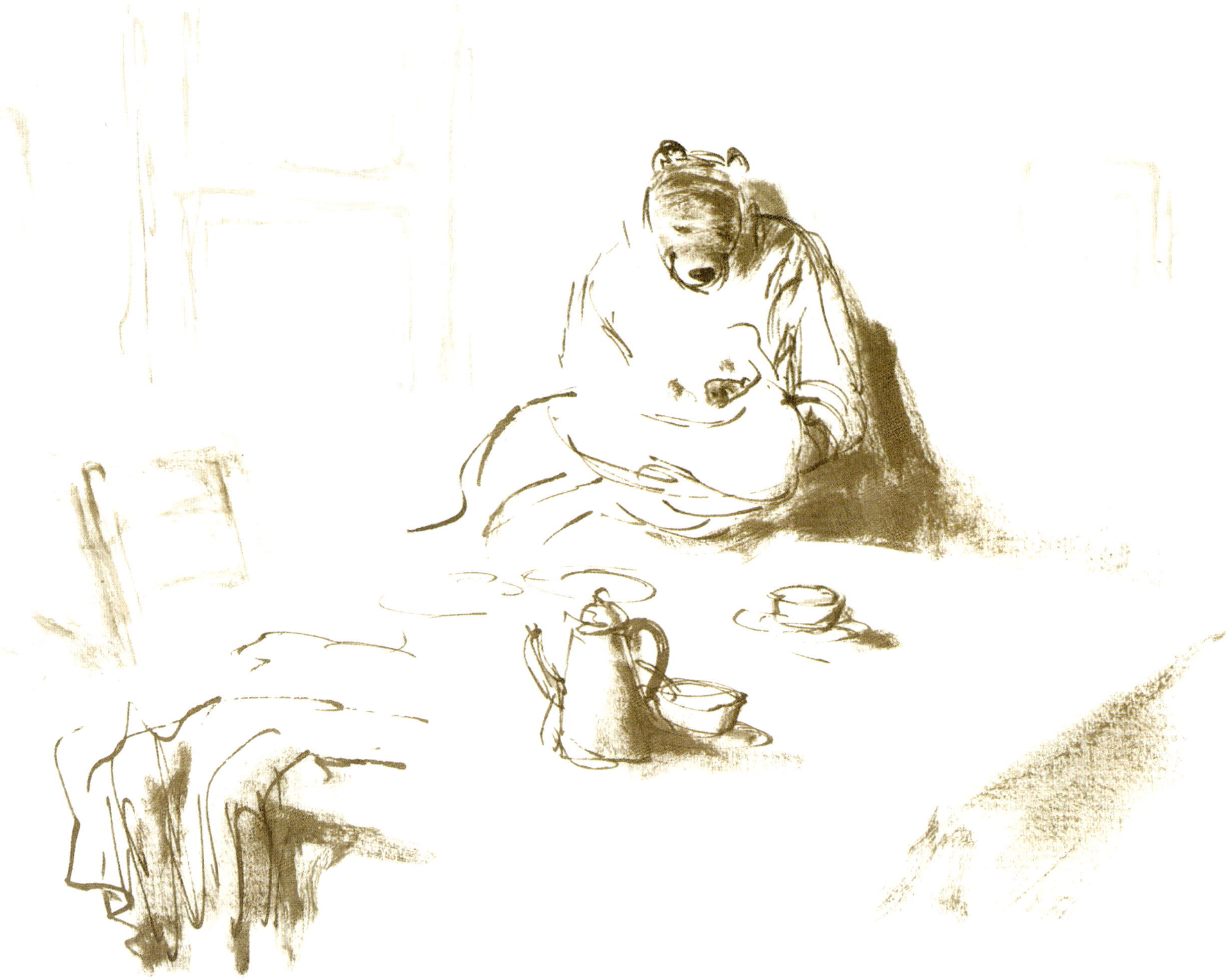

– Hé, Arnold, viens voir !

– C'est qui ?
– C'est Célestine.

– Qu'elle est petite !

– Tu ne dors pas ?

– Il faut dormir !

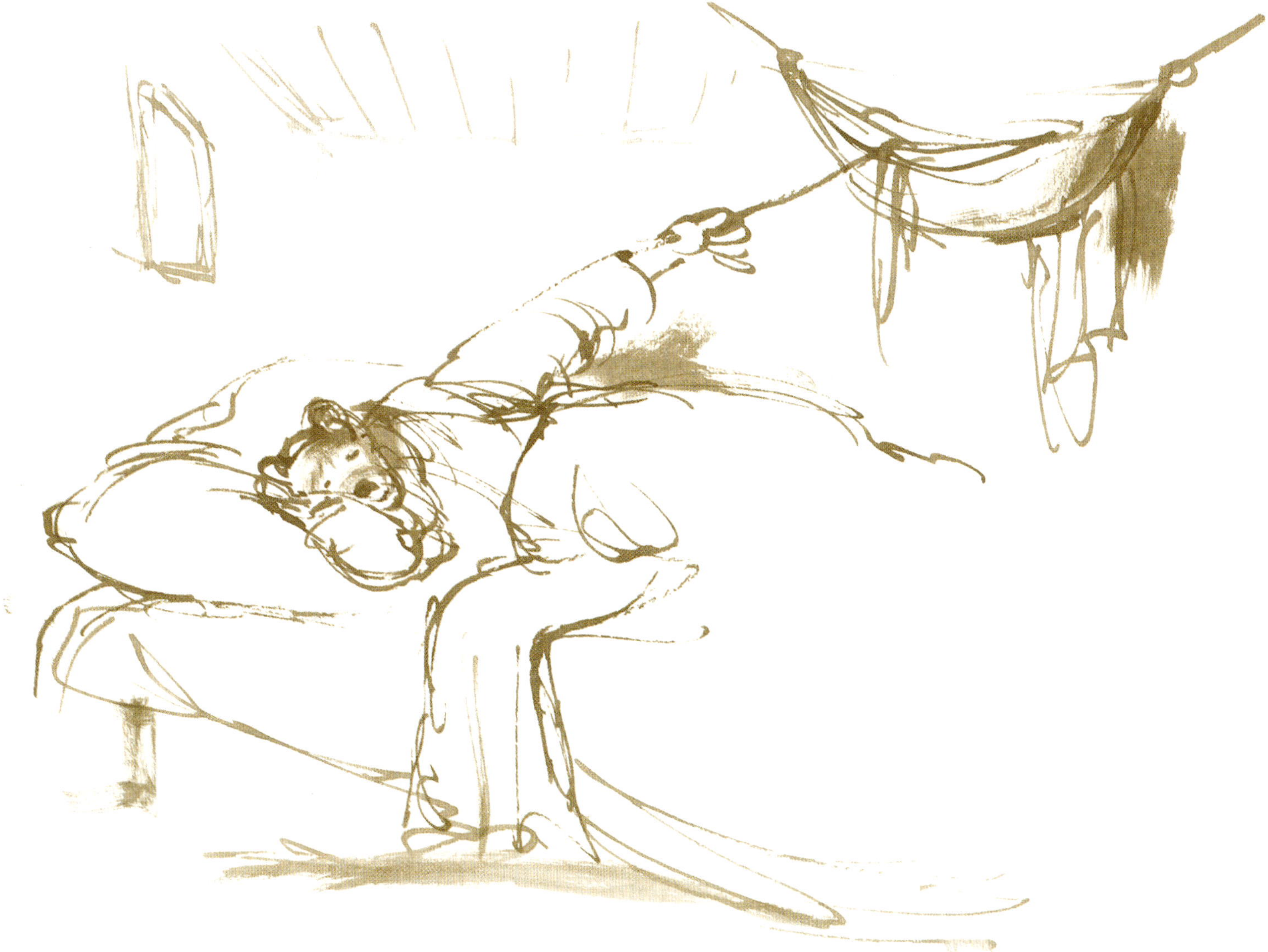

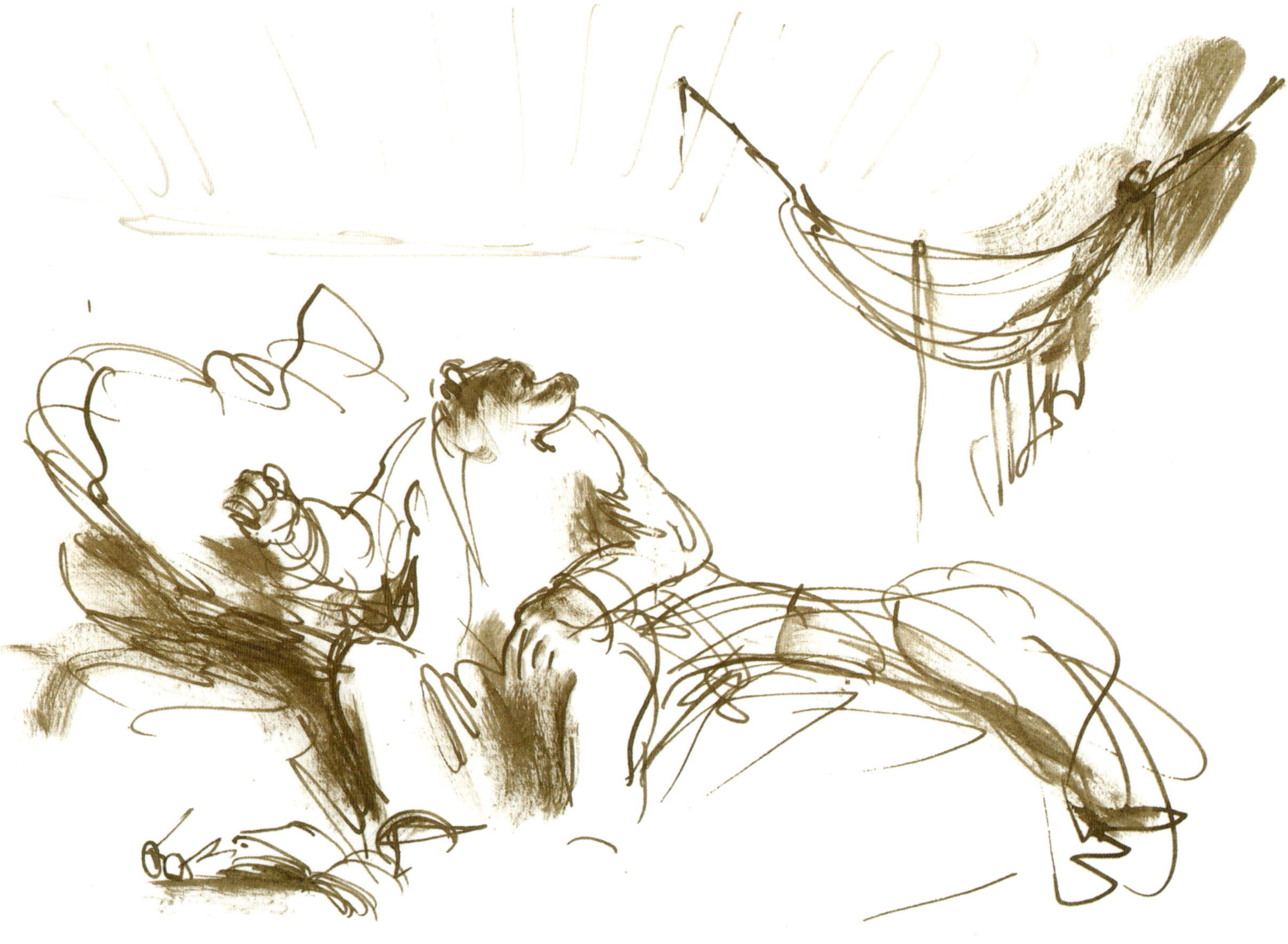

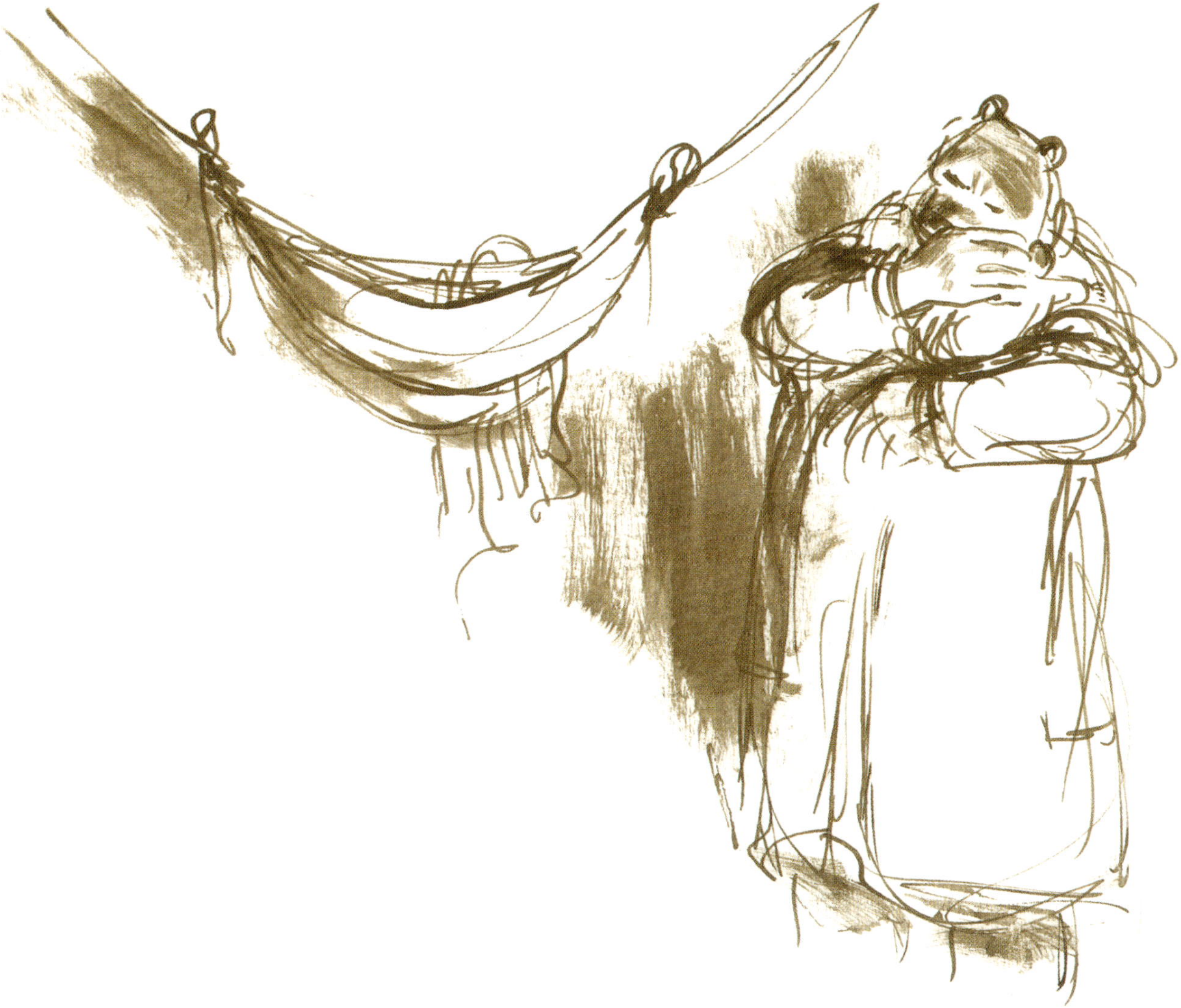

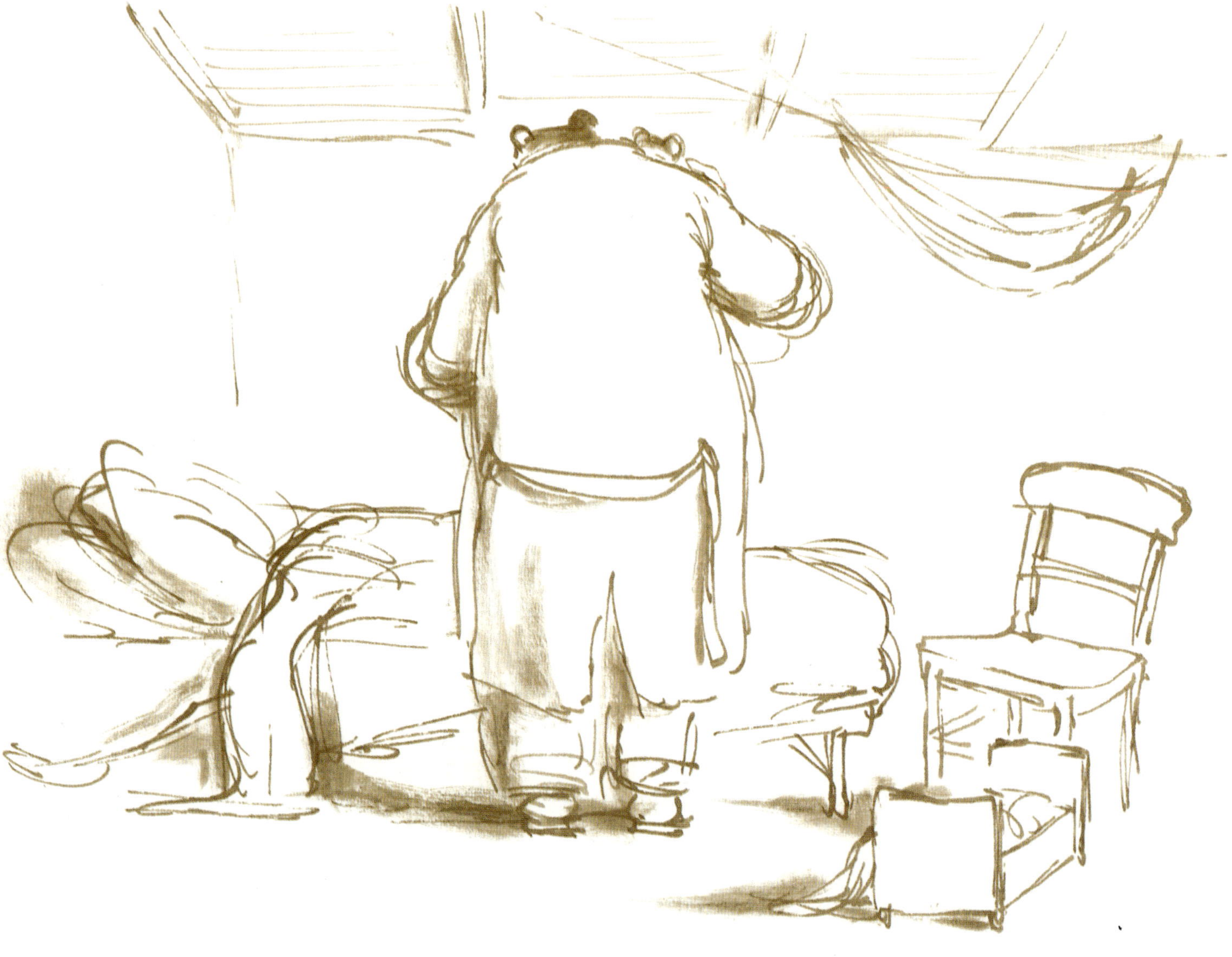

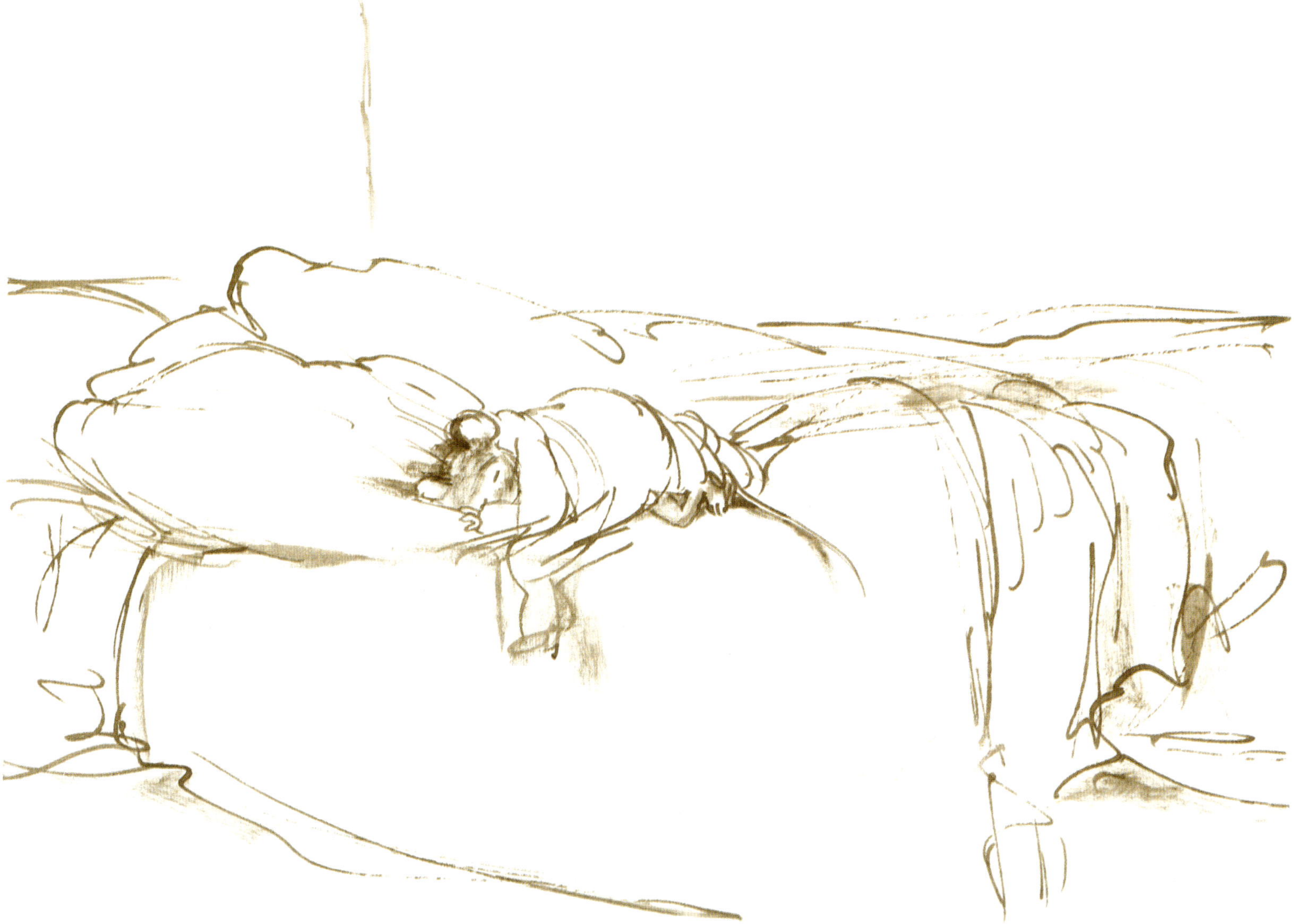

– Célestine !
Célestine ?

– Qu'est-ce qu'elle a ?

– Célestine...

mais qu'est-ce que tu as ?

– Ma Célestine !

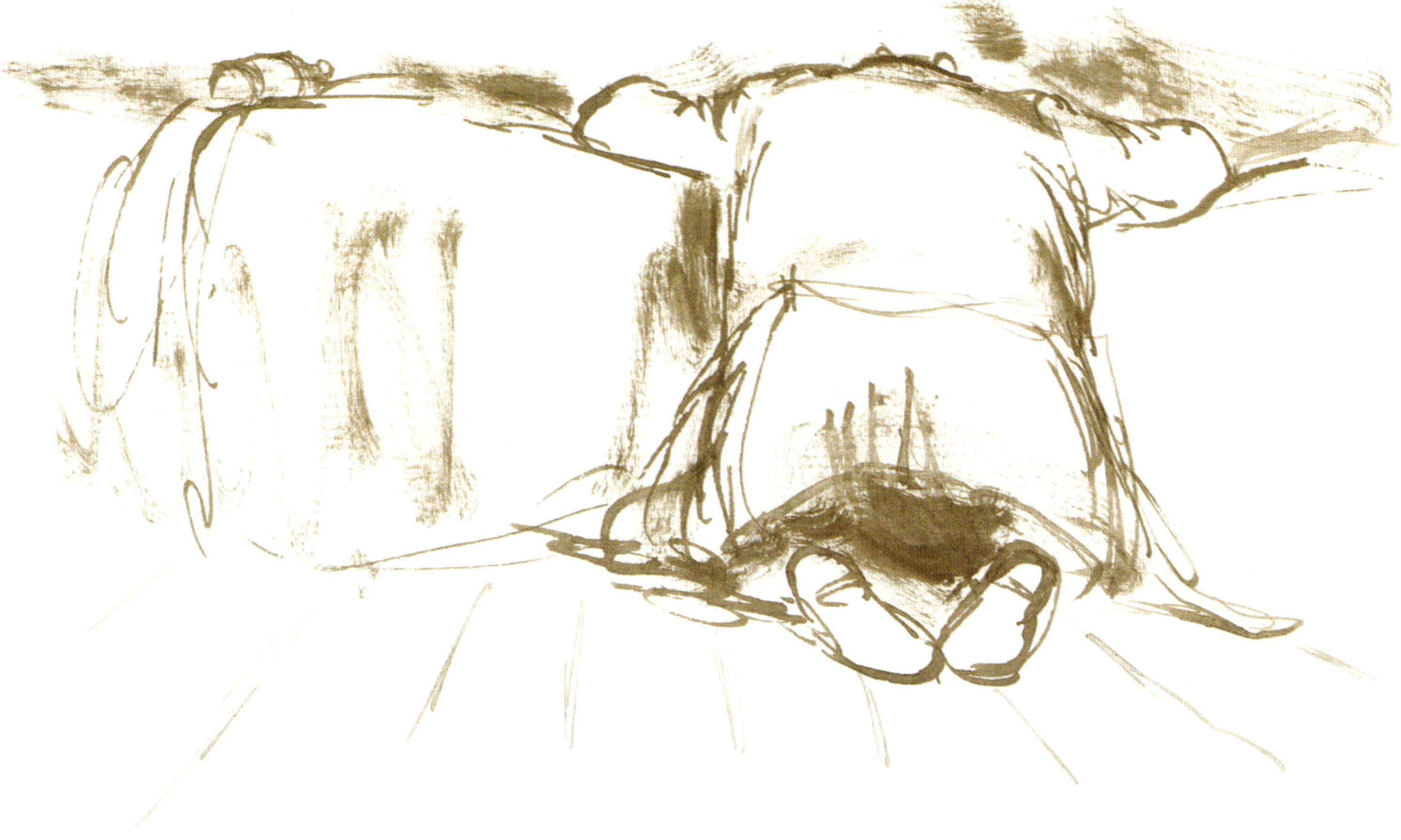

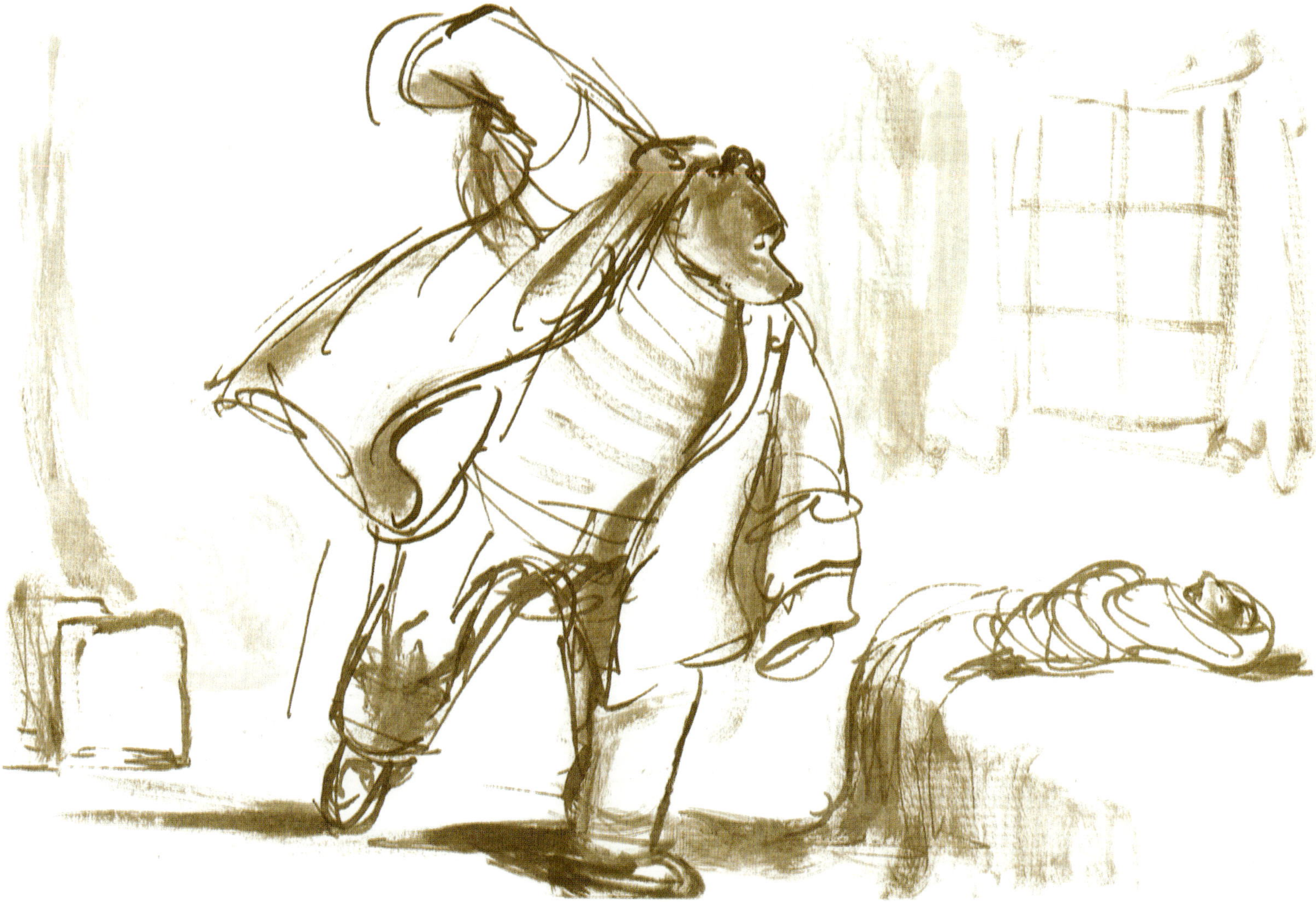

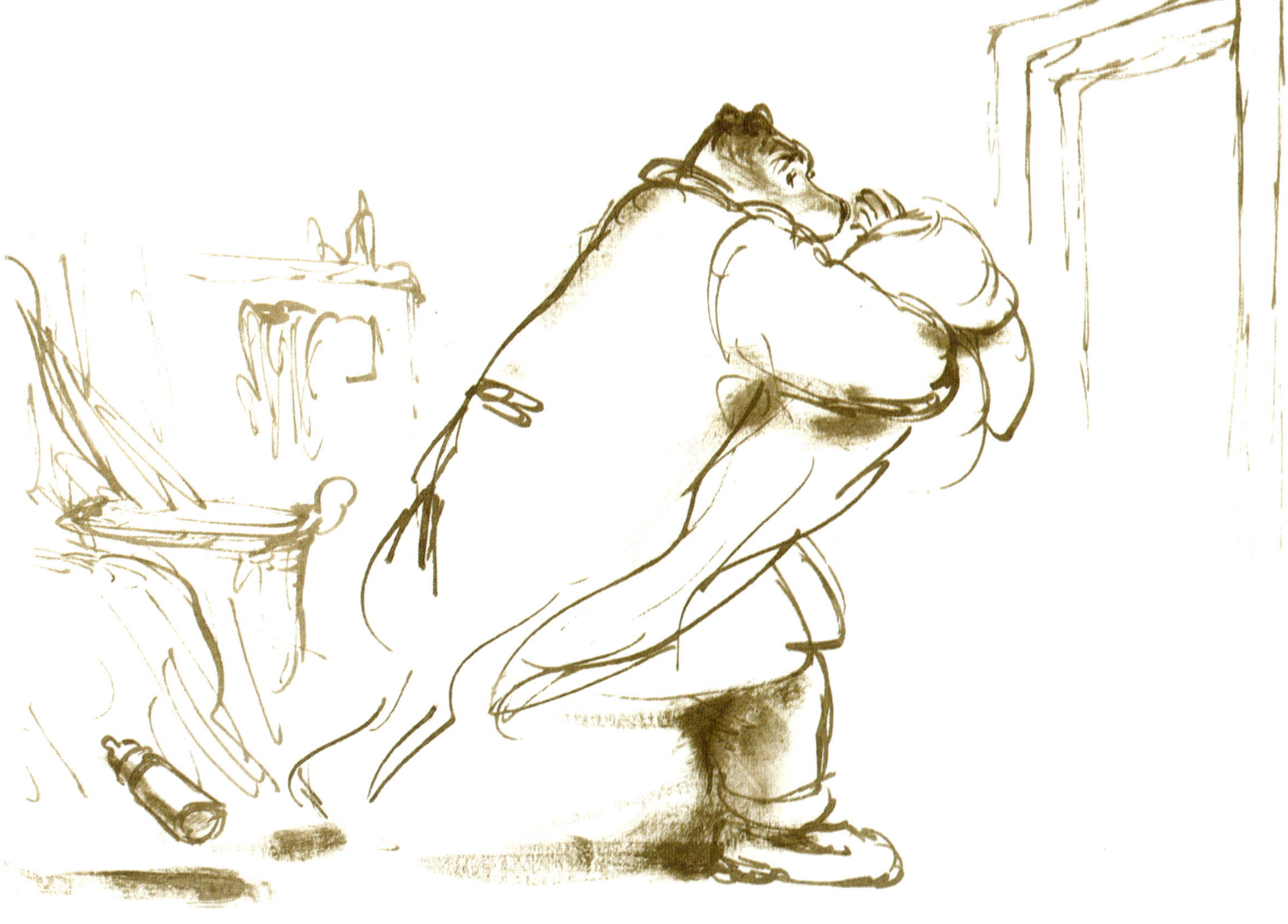

– Mais non, Docteur,
   ce matin elle n'avait rien.

– Allons allons, Monsieur,
   faut pas en faire un drame !

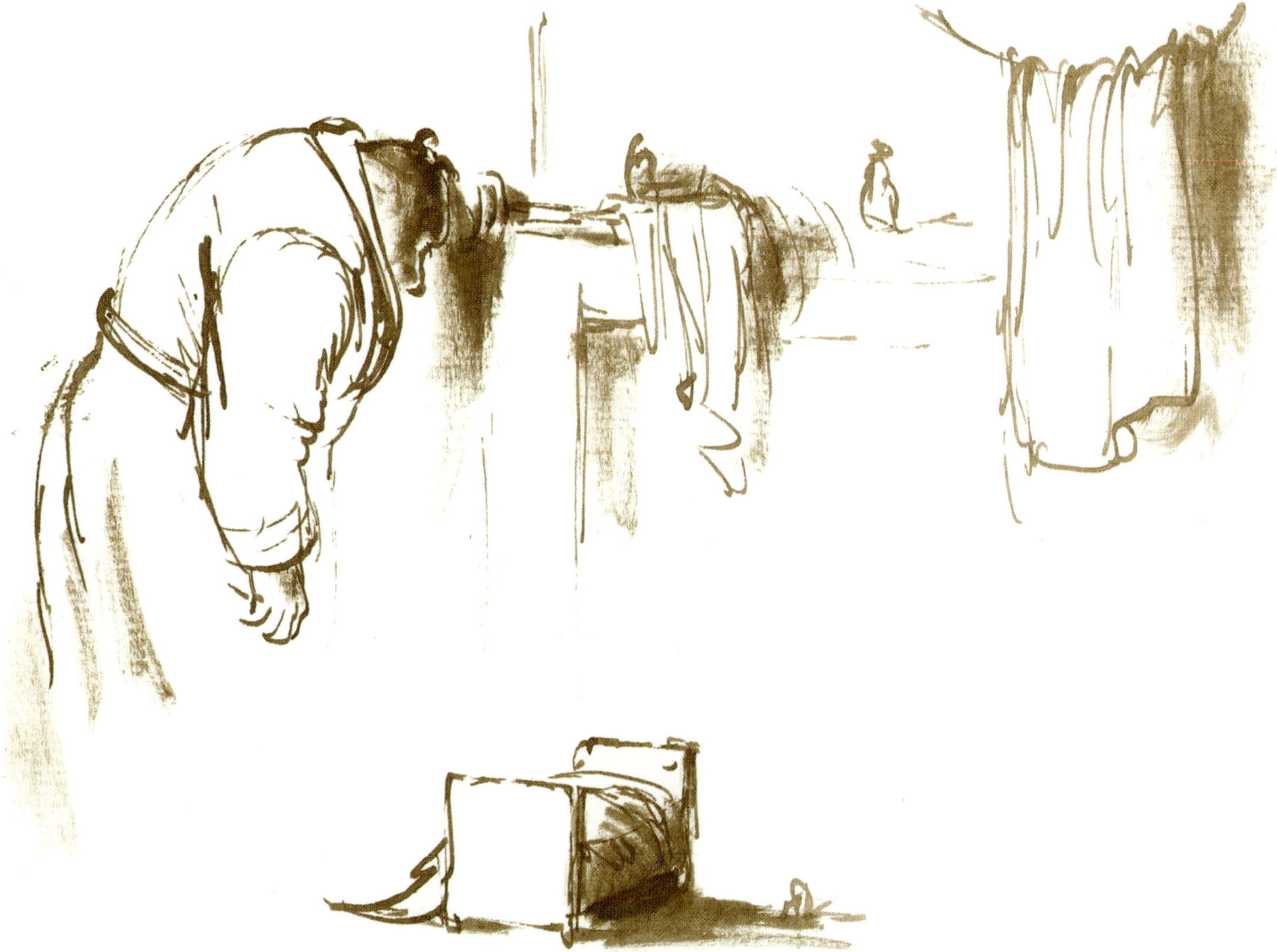

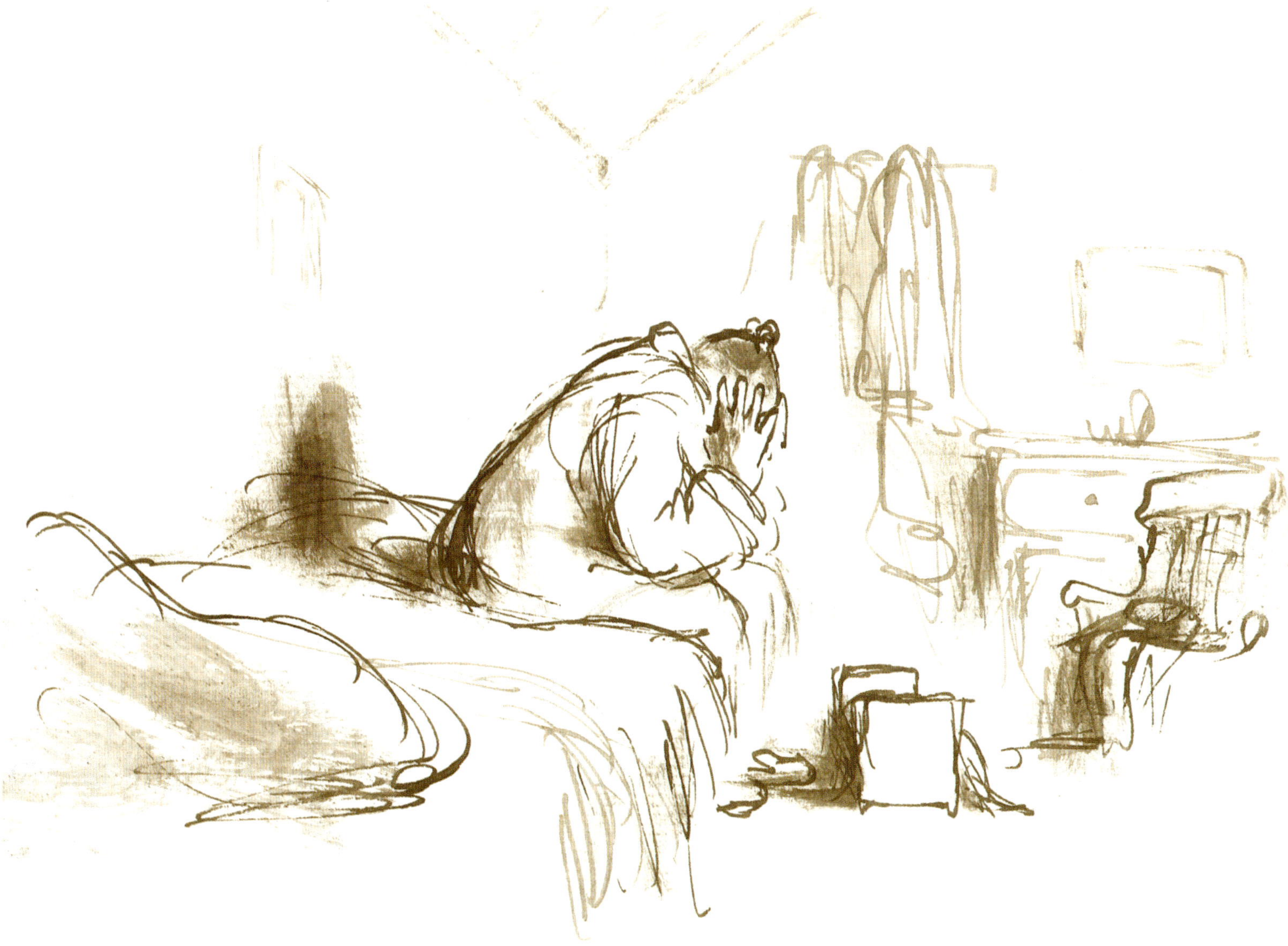

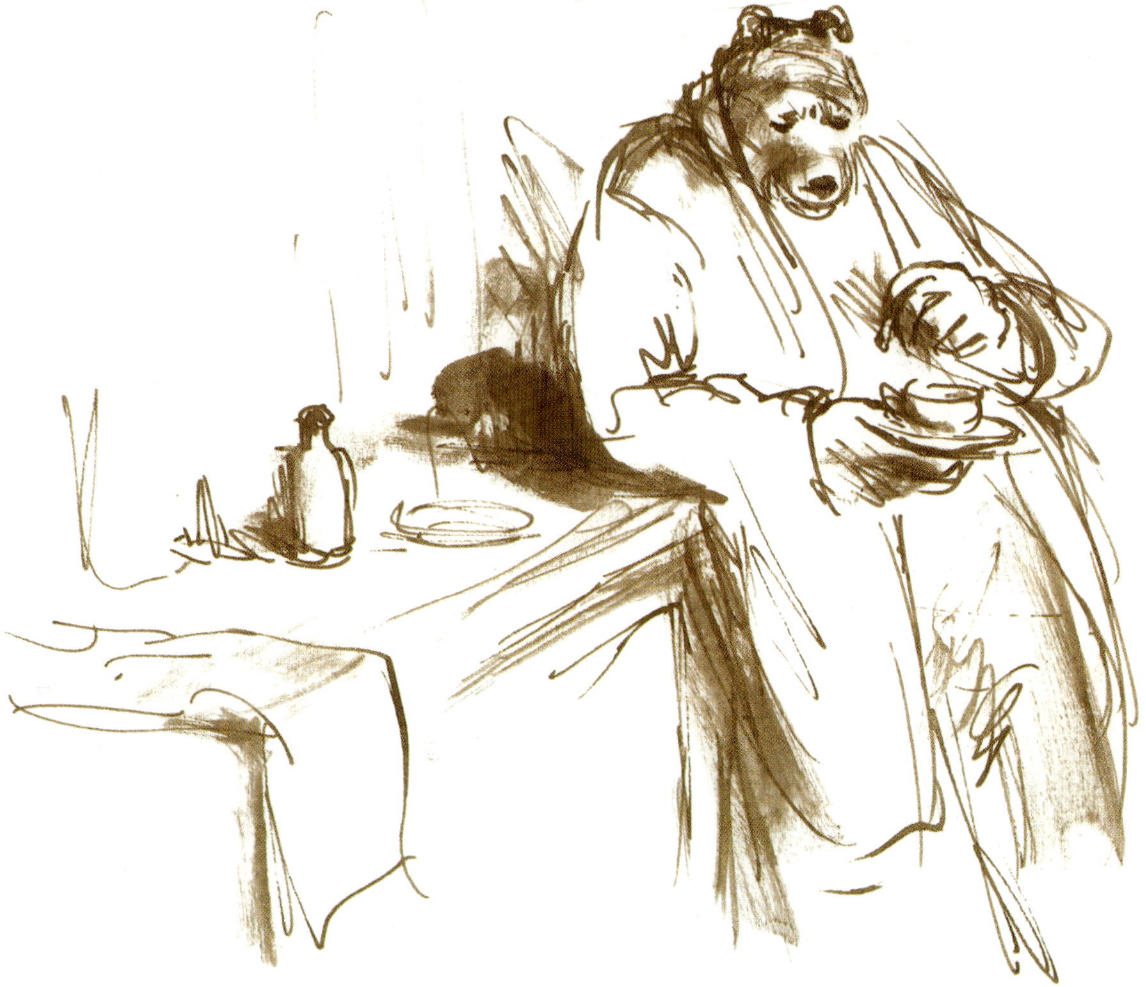

Je n'ai pas faim.

Je n'ai vraiment pas faim.

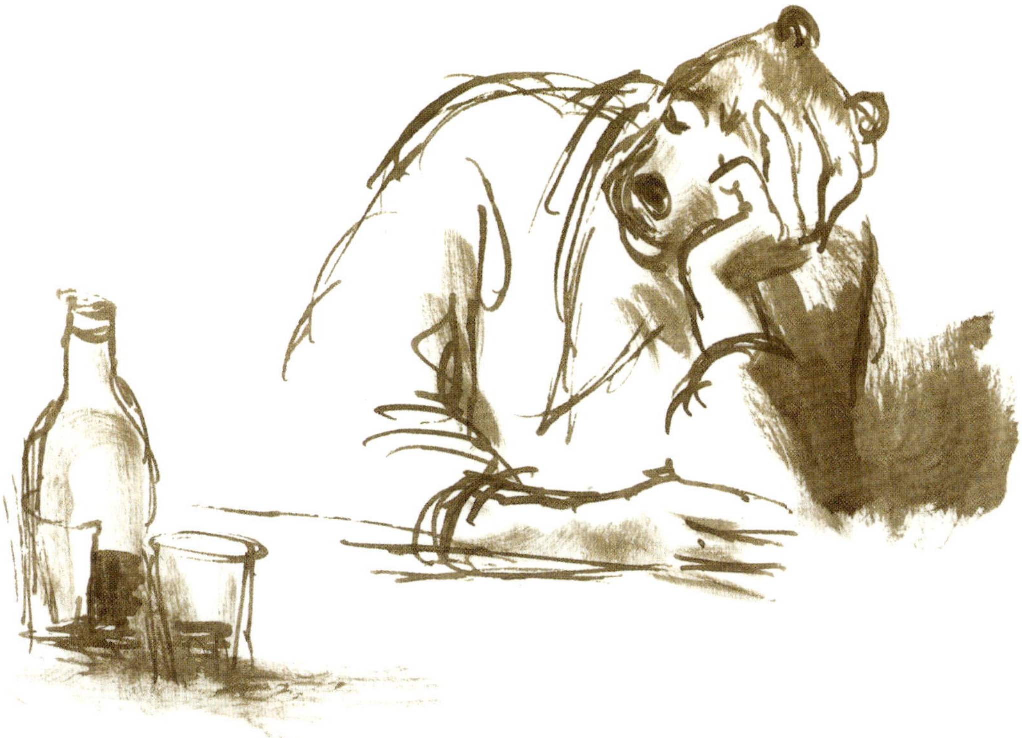

Onze jours ?

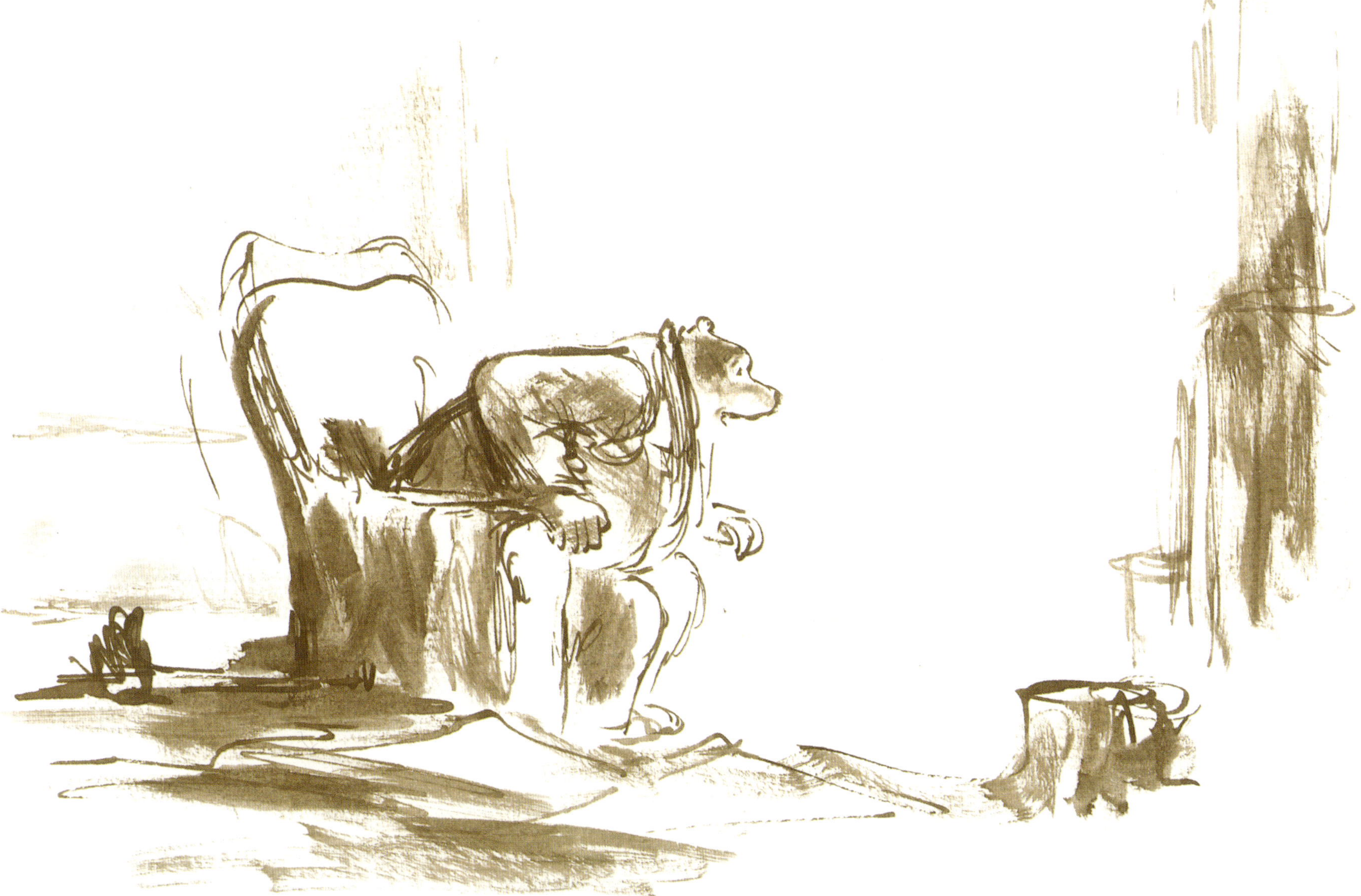

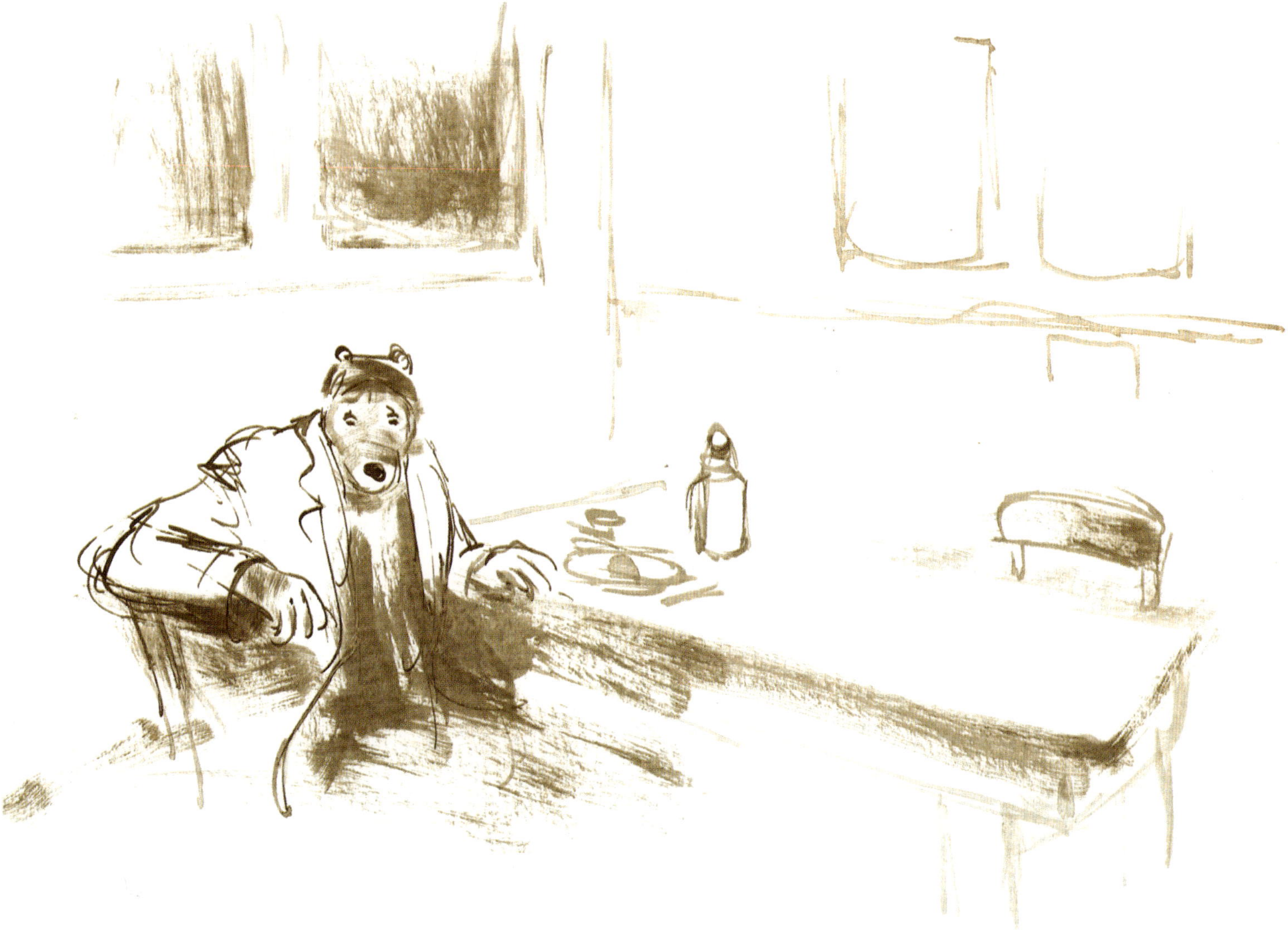

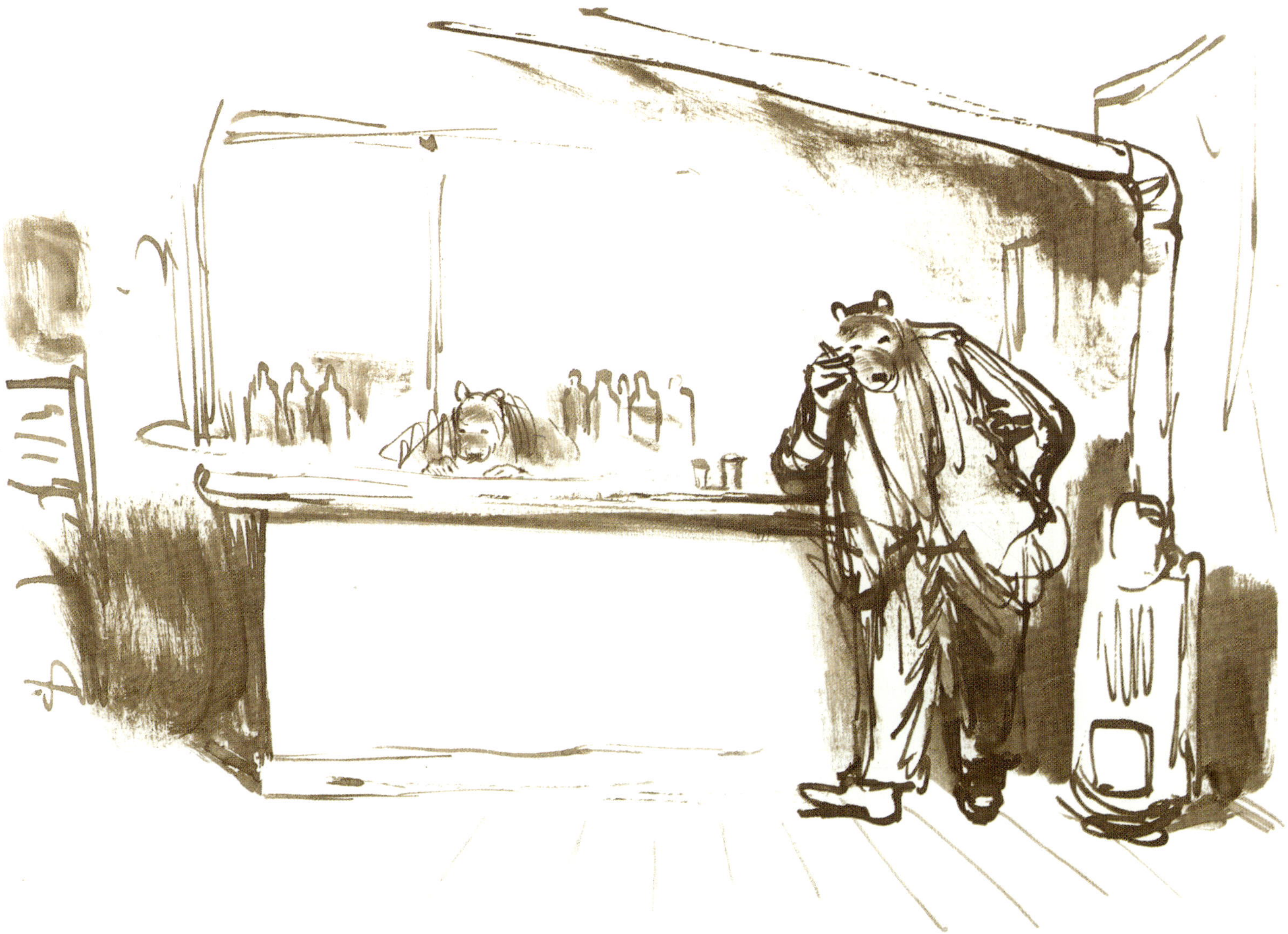

– Ça va, Ernest ?

– Monsieur ! Hé, Monsieur, on ferme !

Qu'est-ce qui m'arrive ?

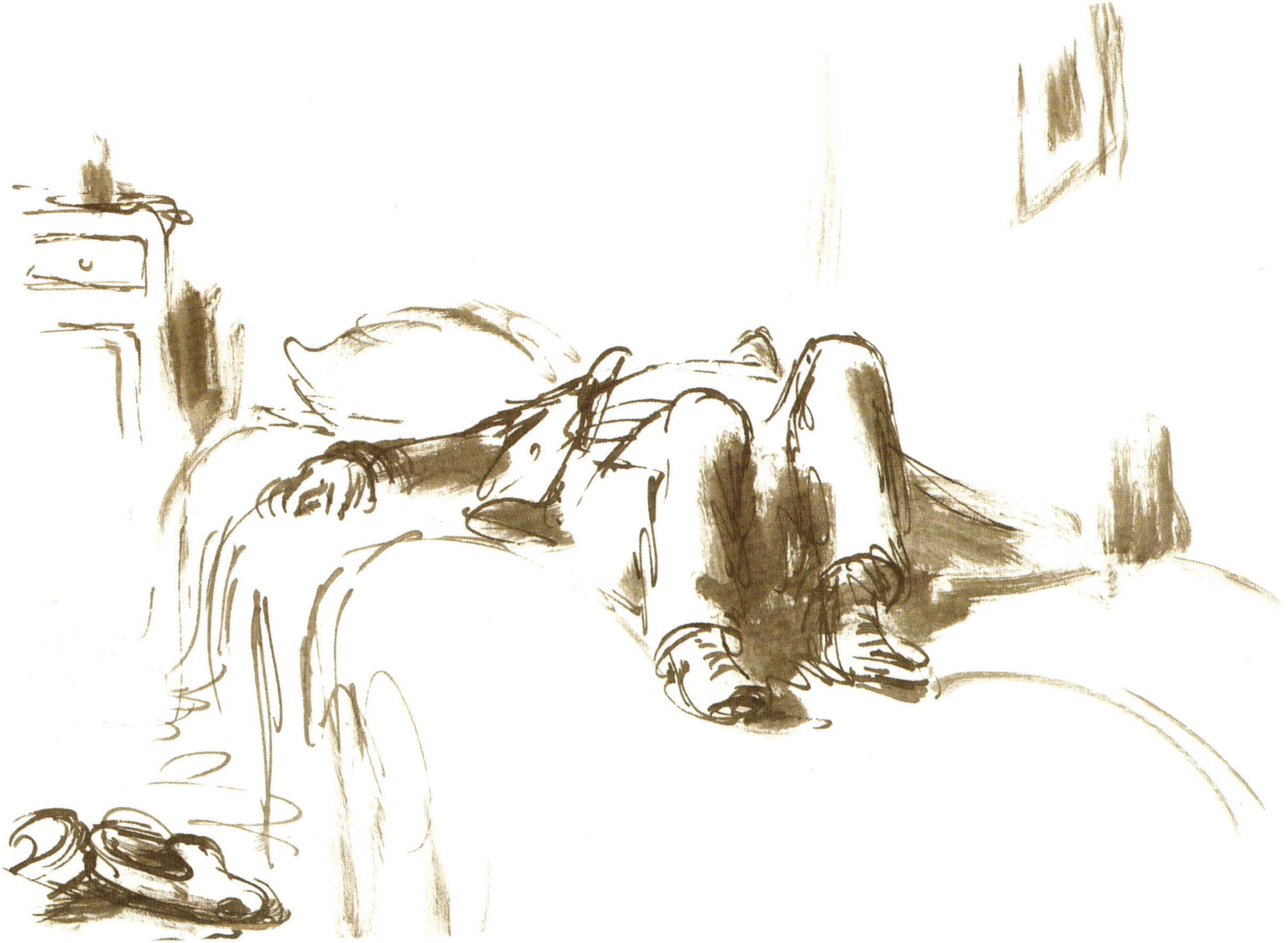

Vas-y, Ernest, fais ta lessive !

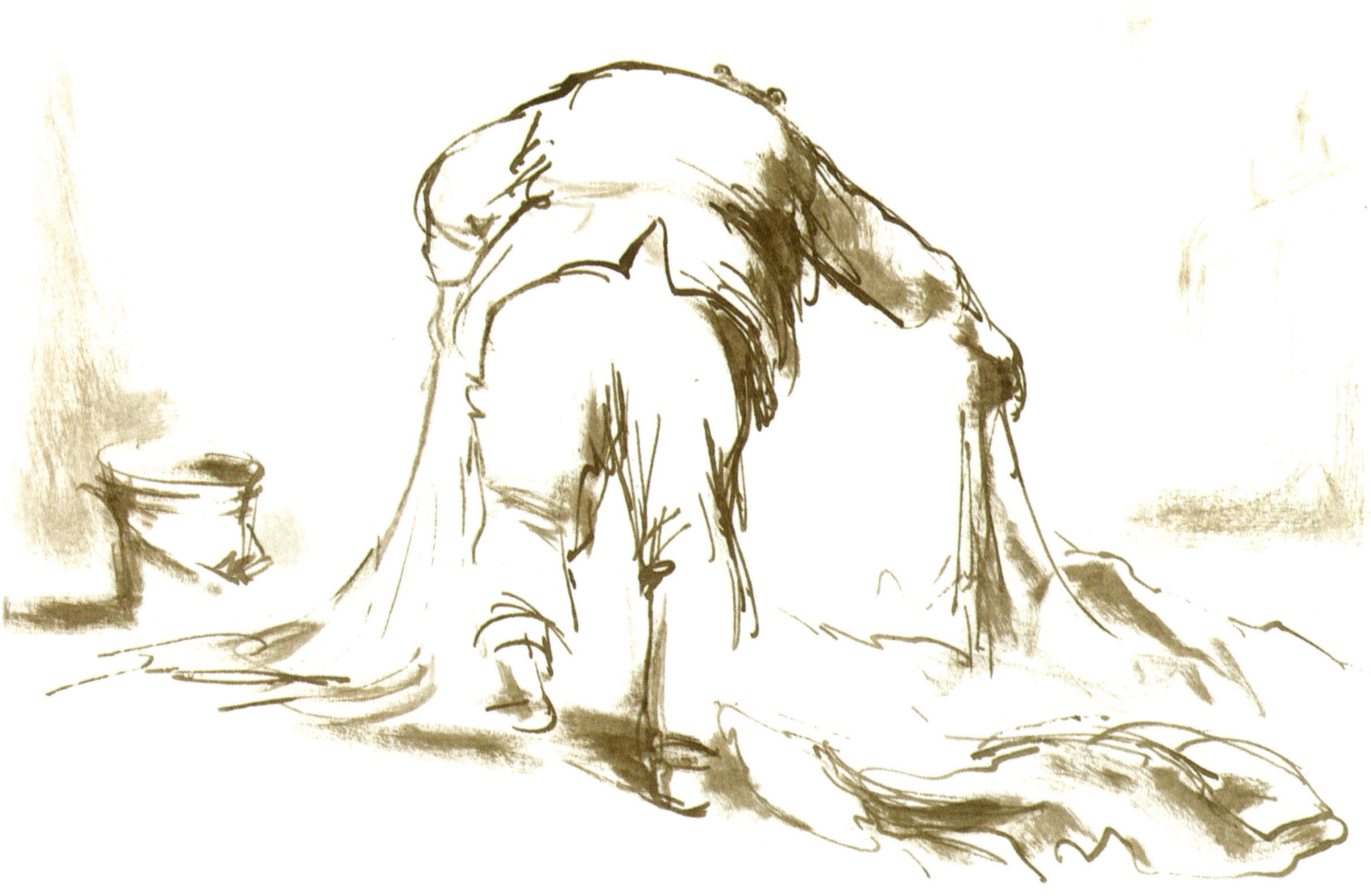

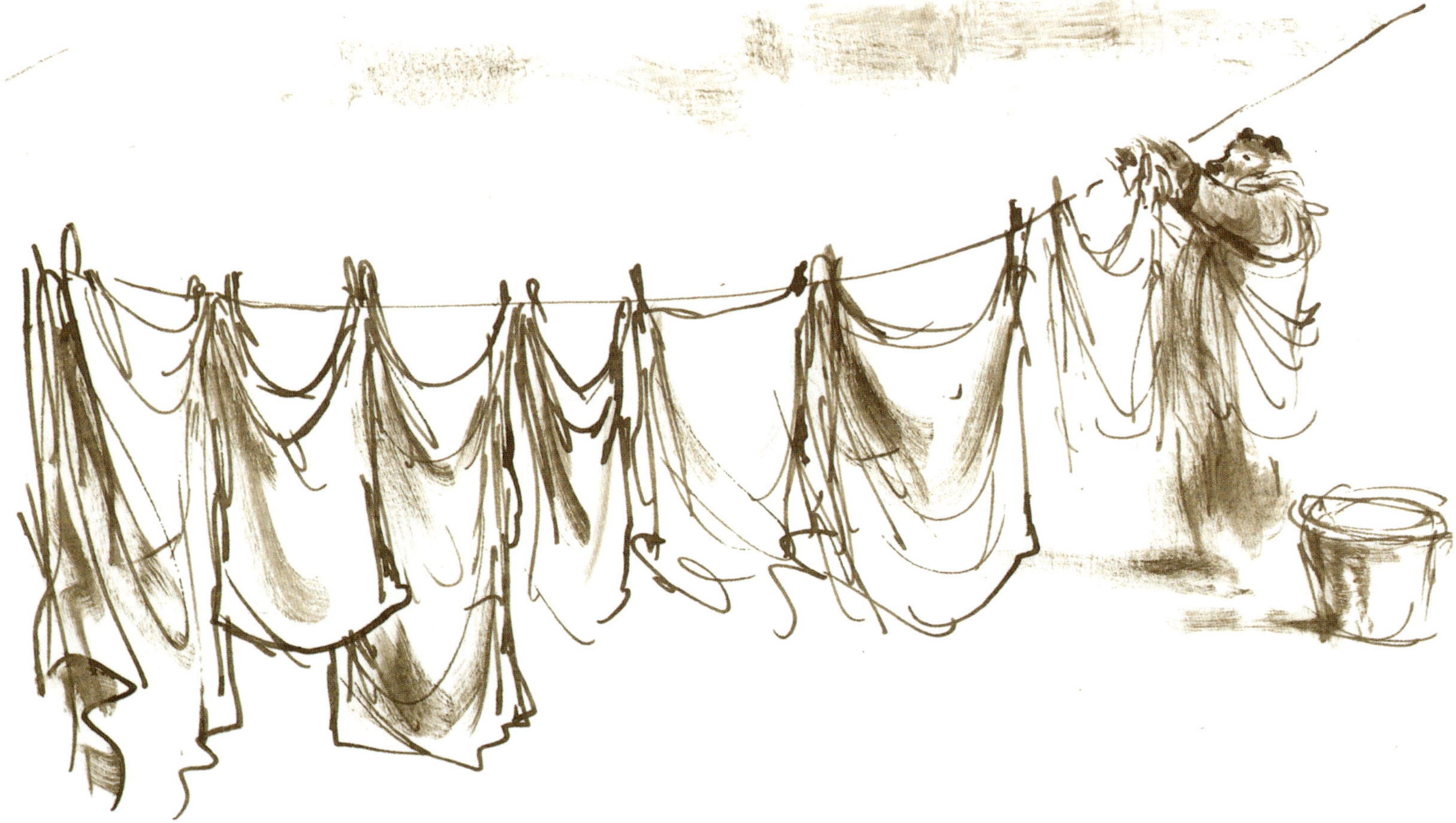

Seize jours !

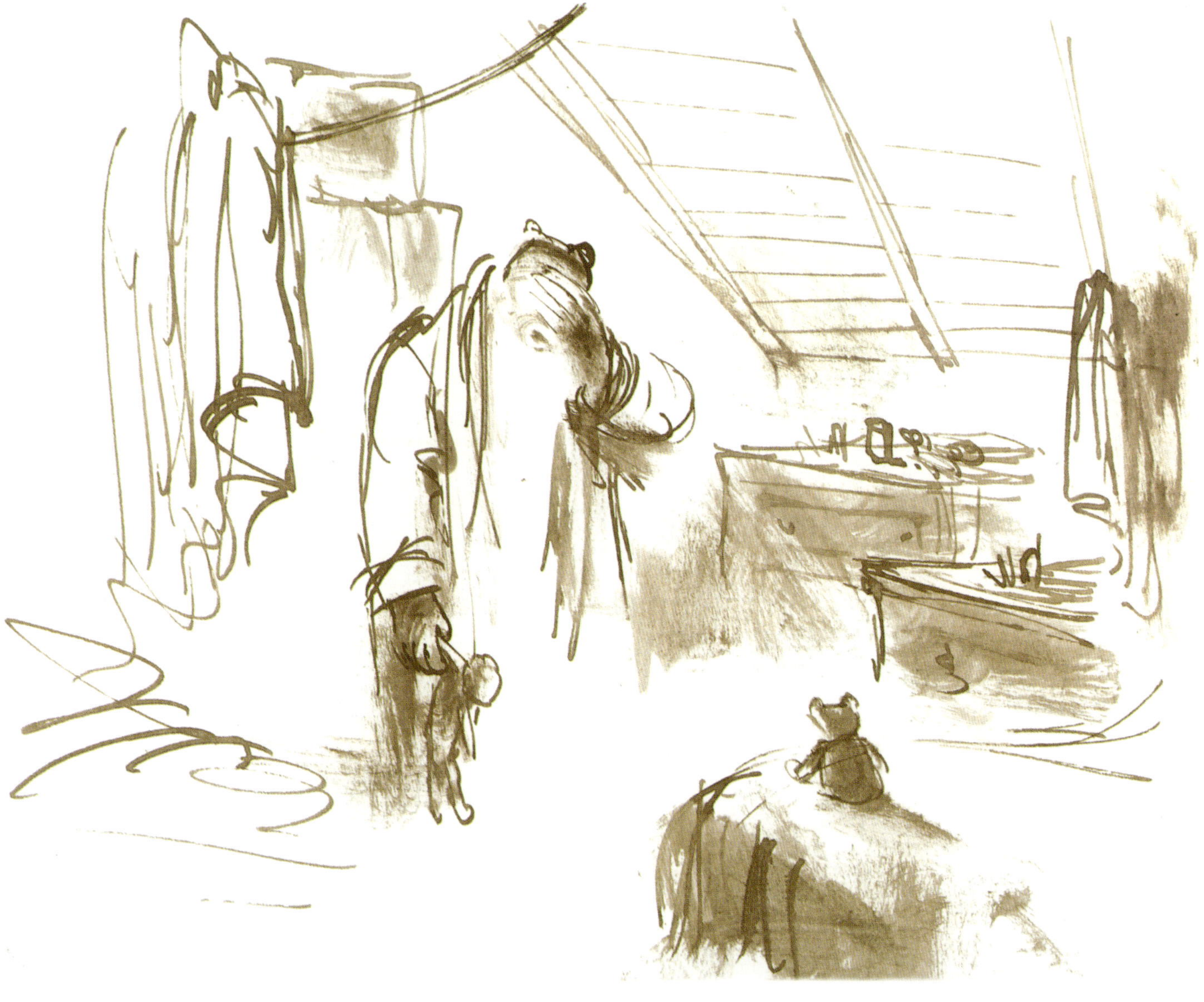

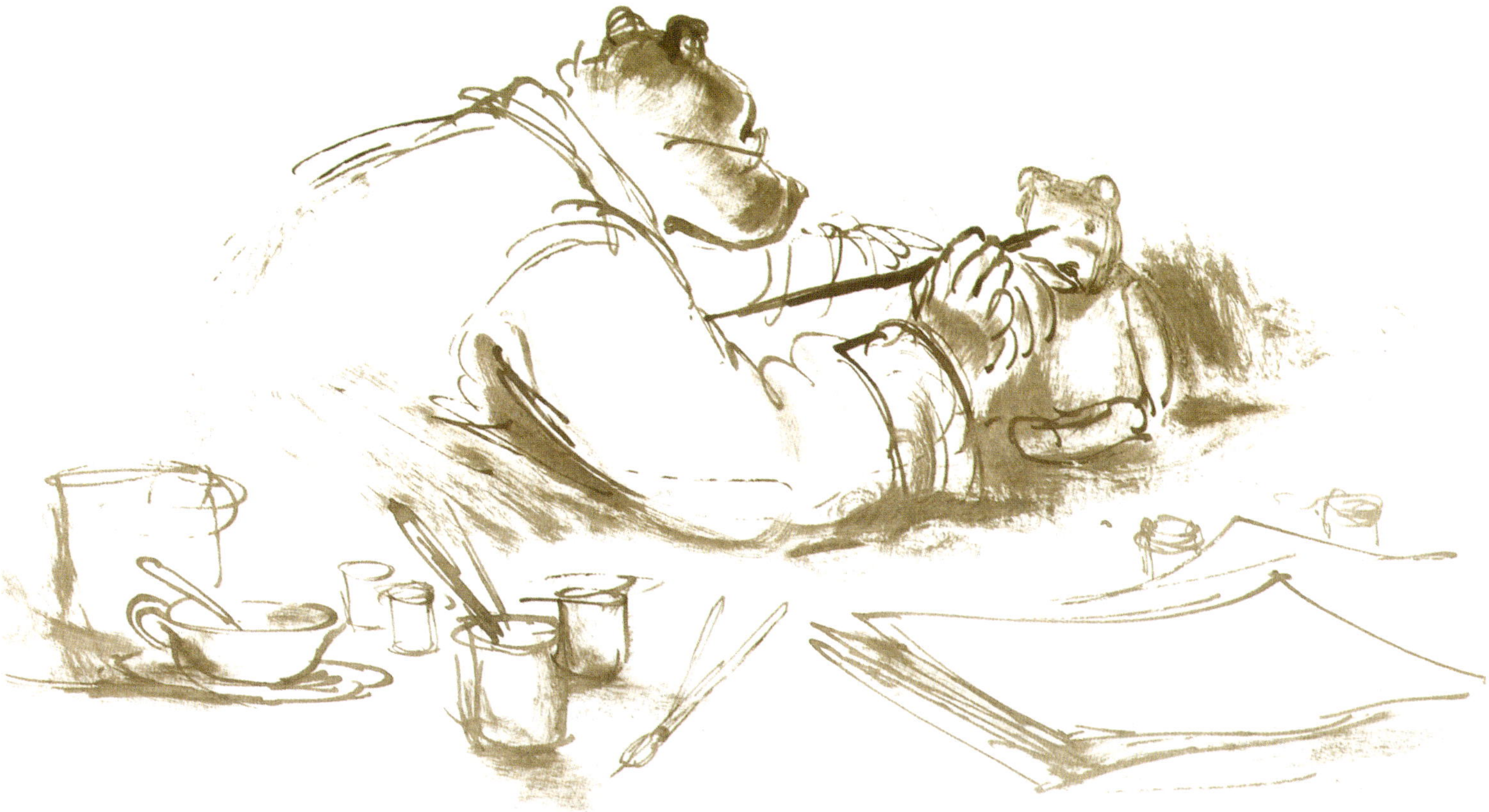

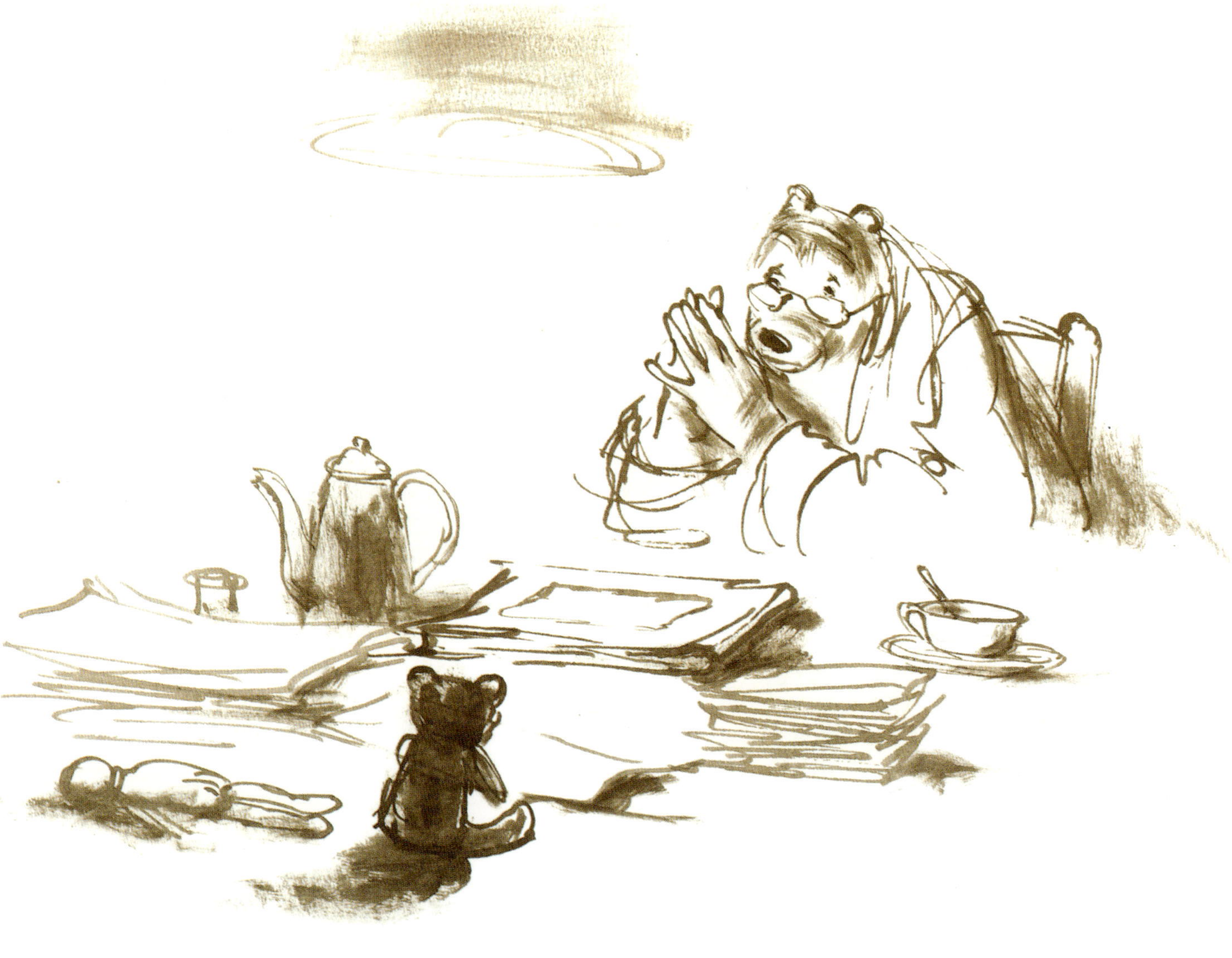

Le 20 avril. Célestine est à l'hôpital depuis vingt et un jours.

Je n'en peux plus.

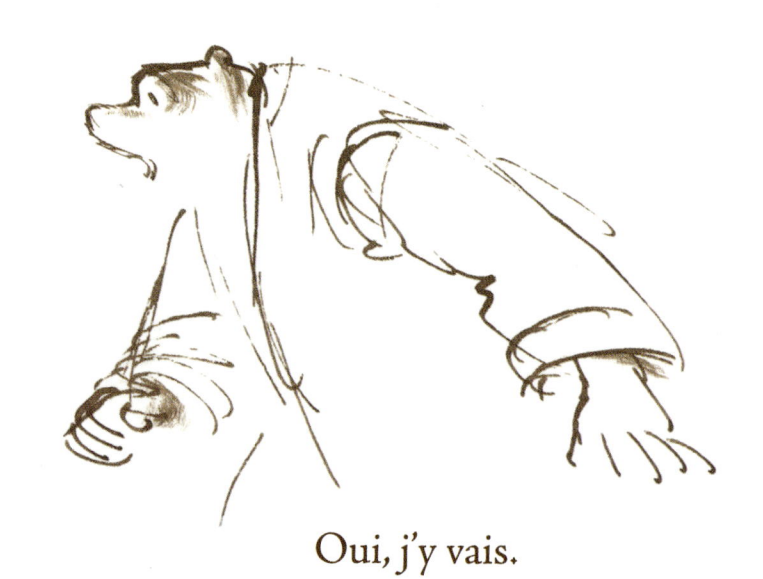

J'y vais ?

Oui, j'y vais.

Oui ou non ? Si…

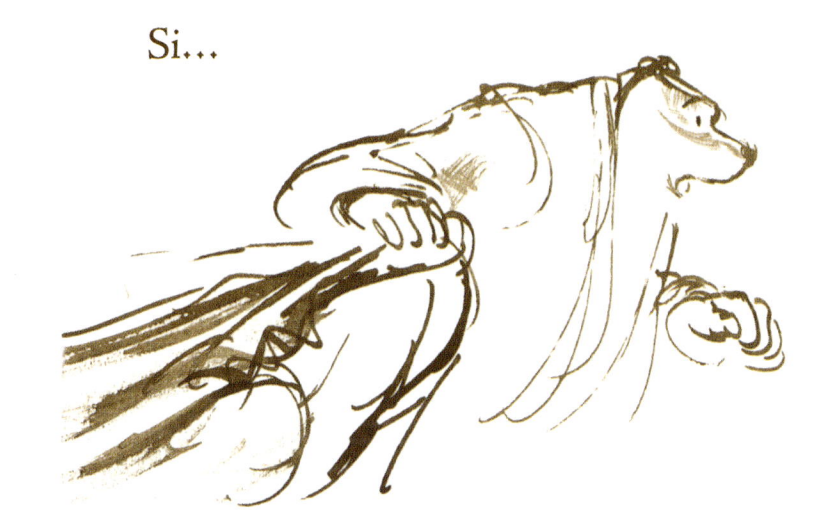

je la reprends…

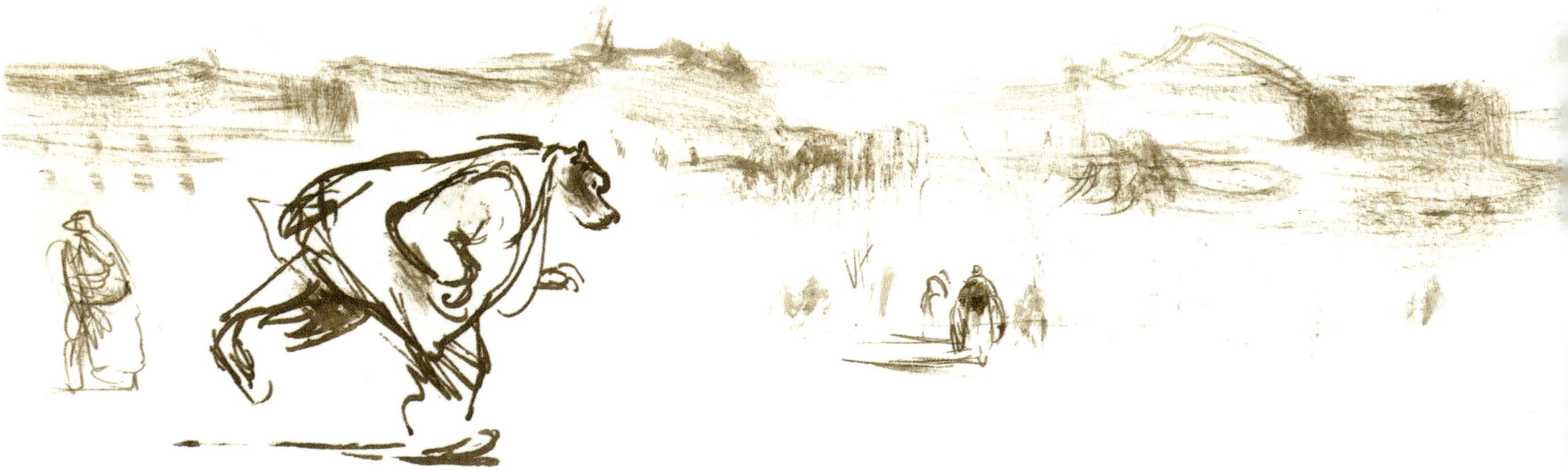

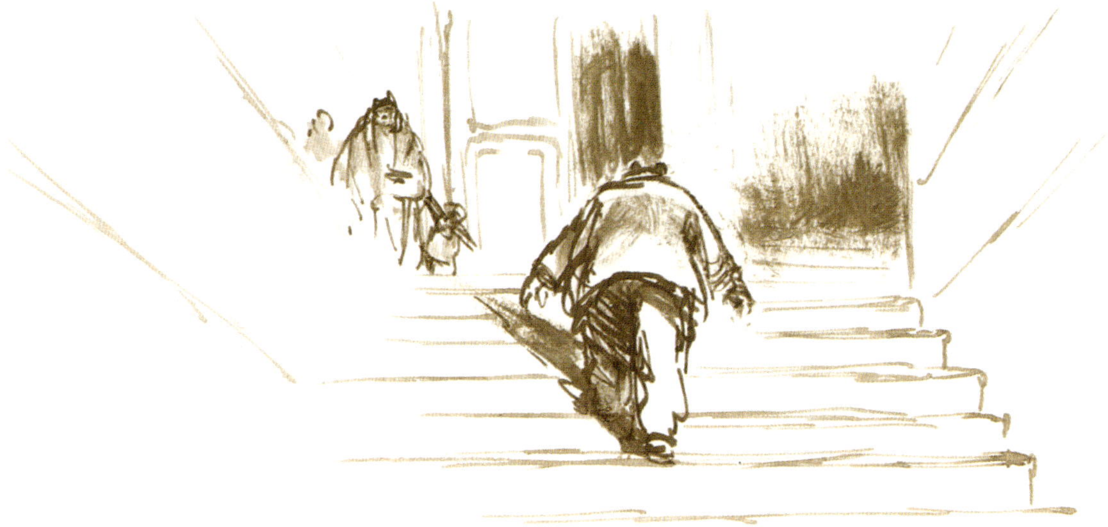

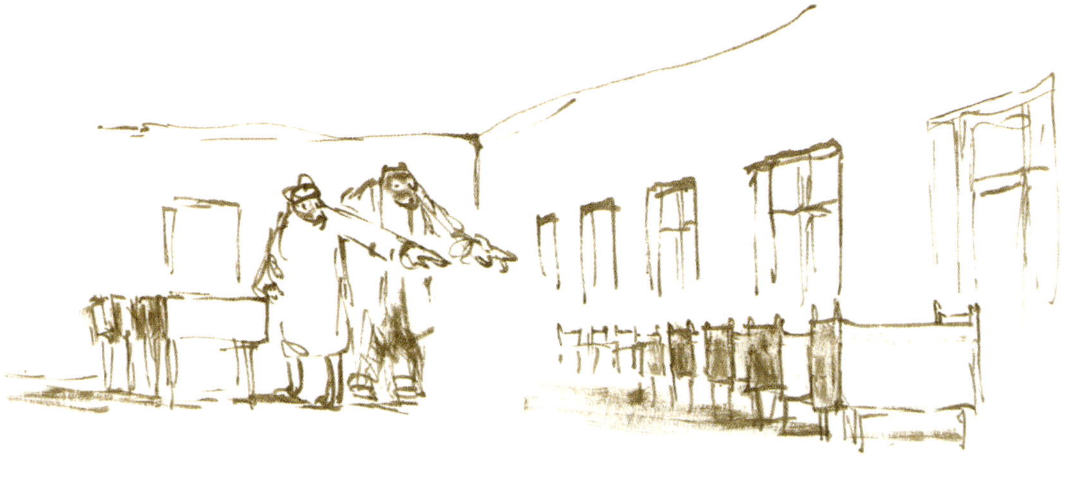

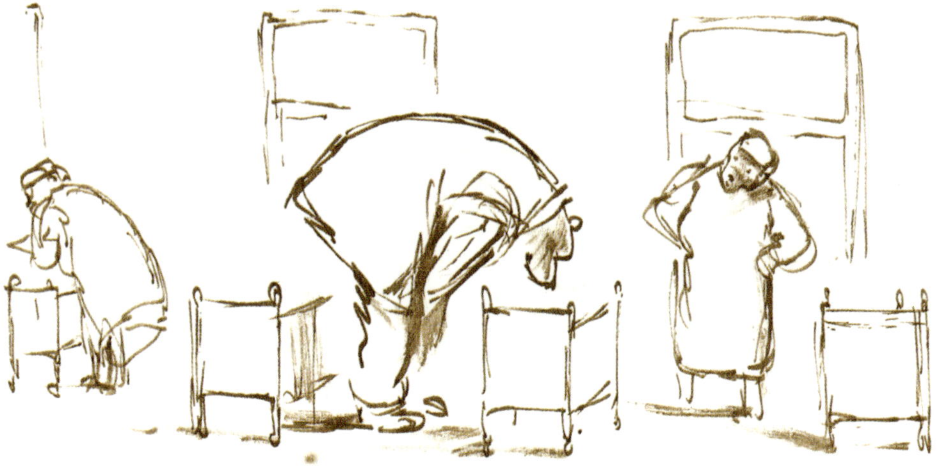

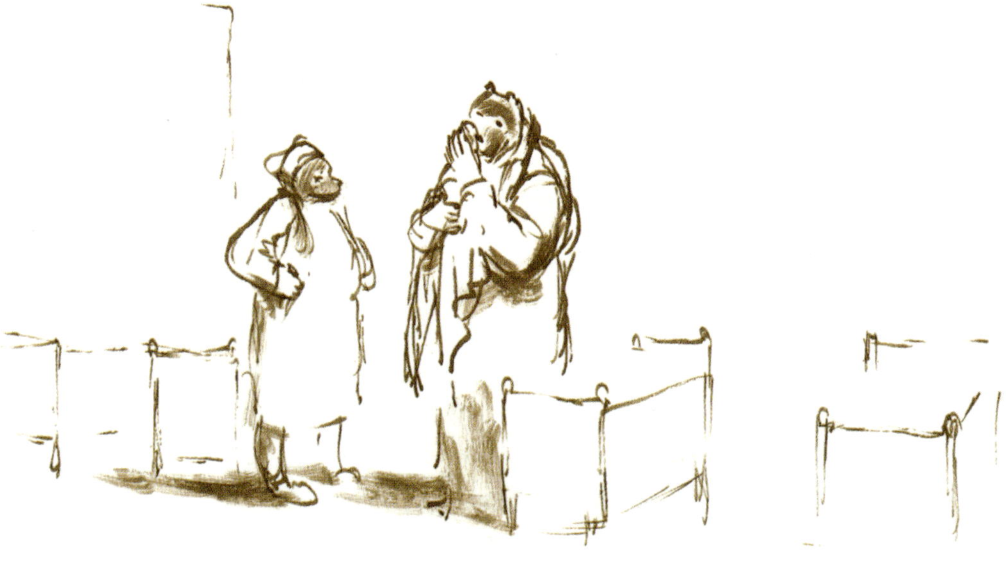

– Si si, je la reprends.

– Je la reprends quand même.

– Quand est-ce qu'on te reverra, Ernest ?

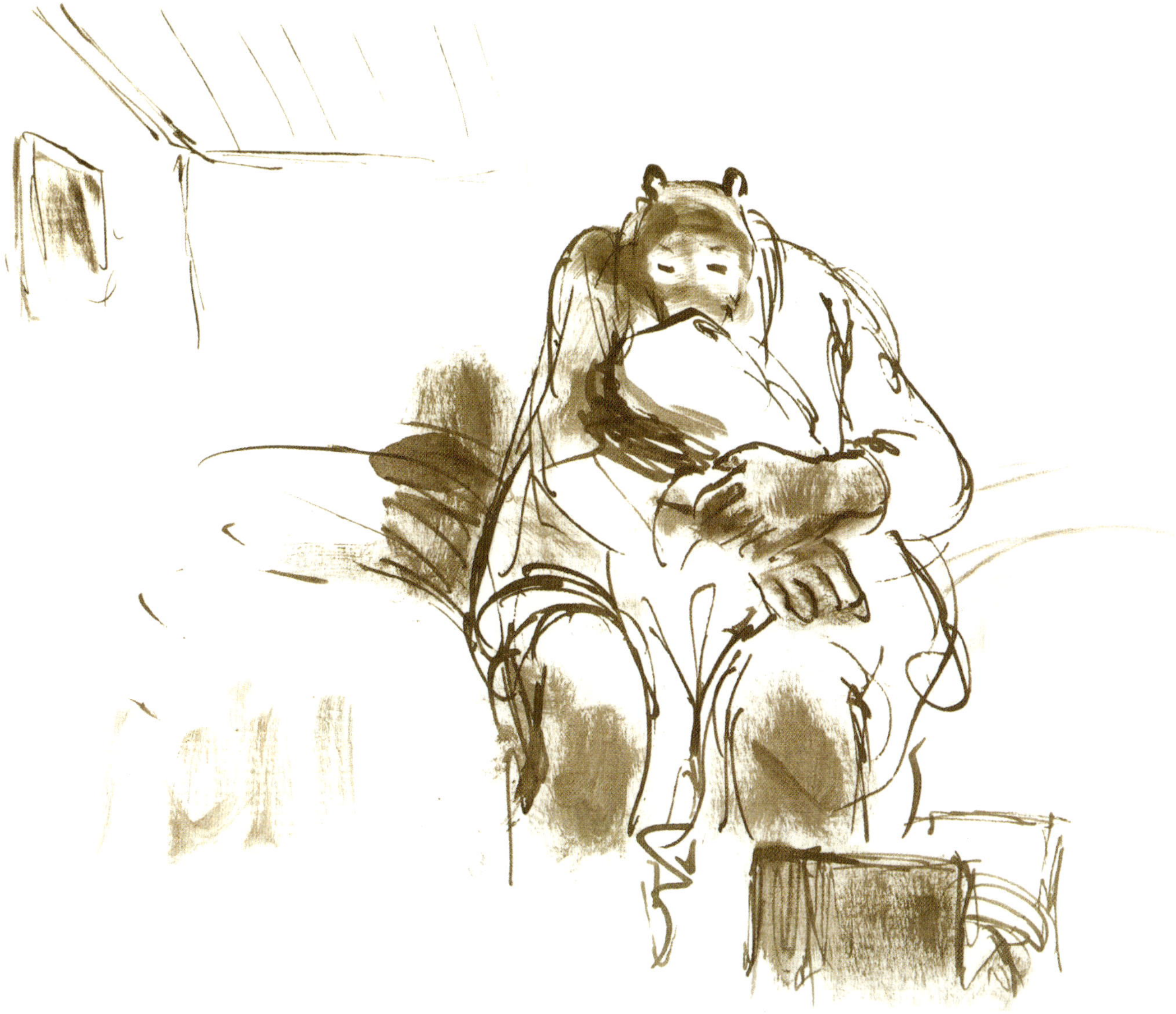

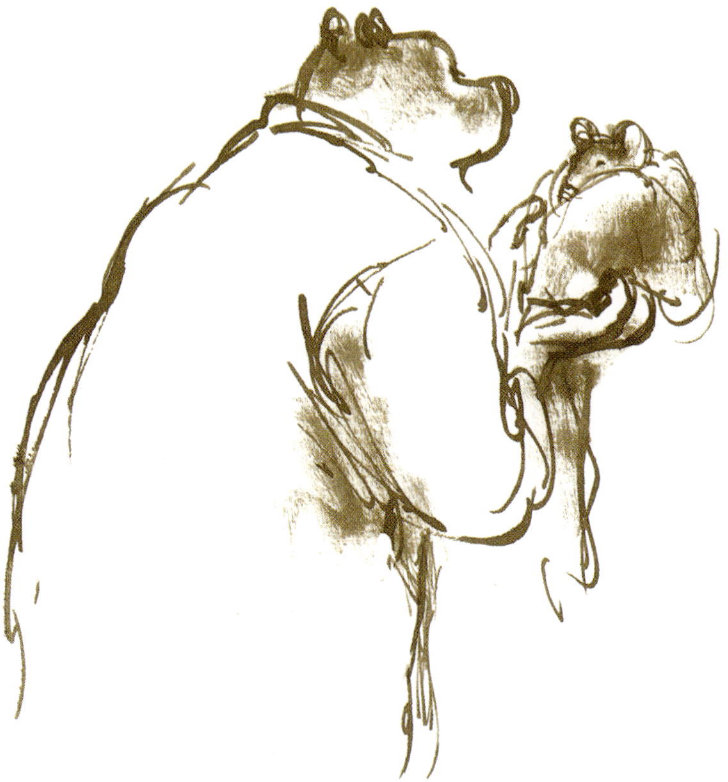

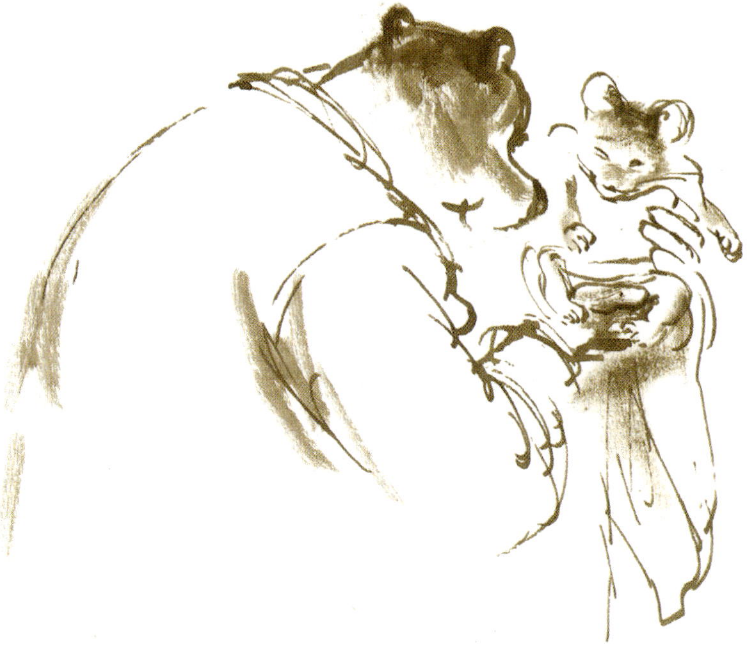

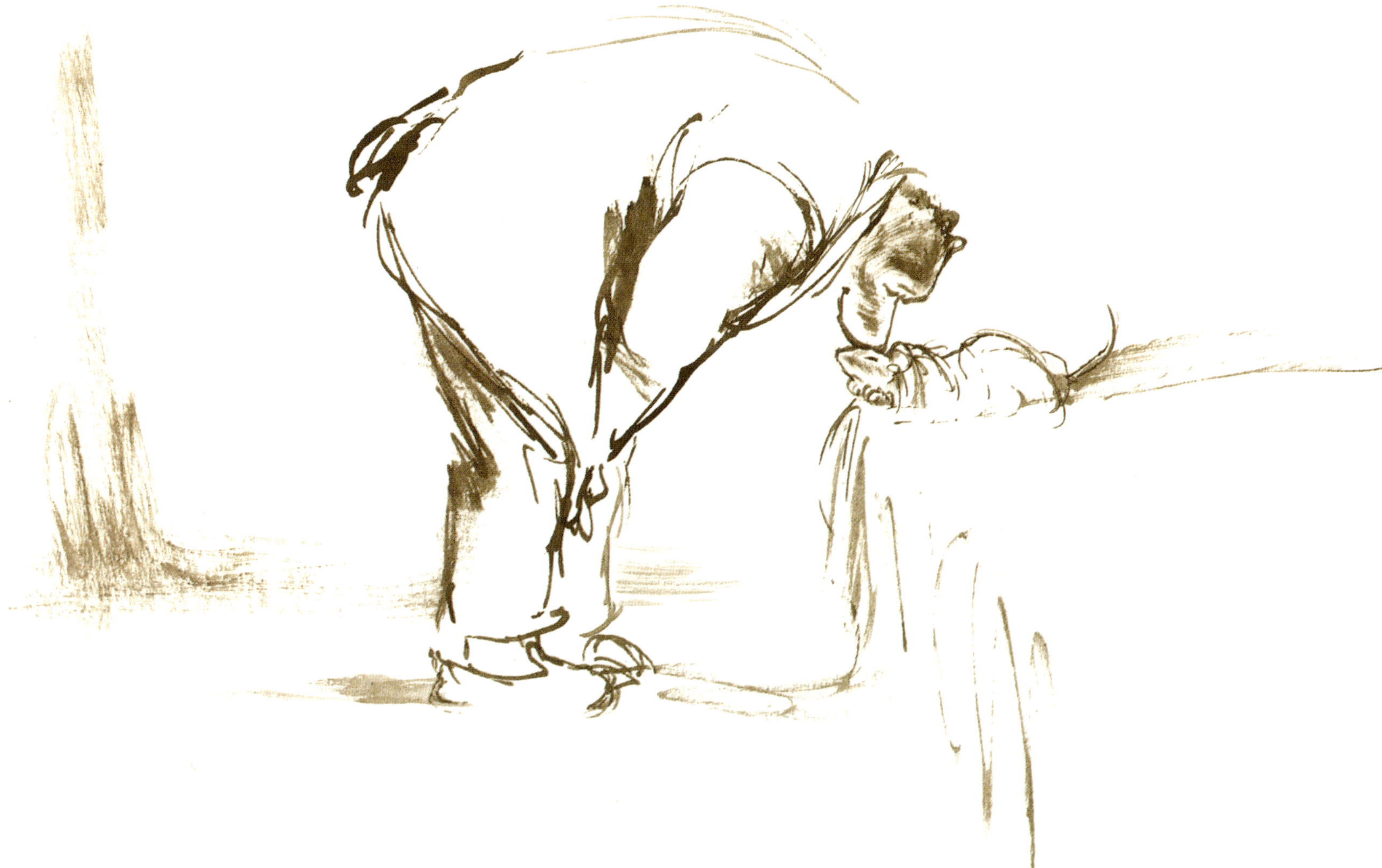

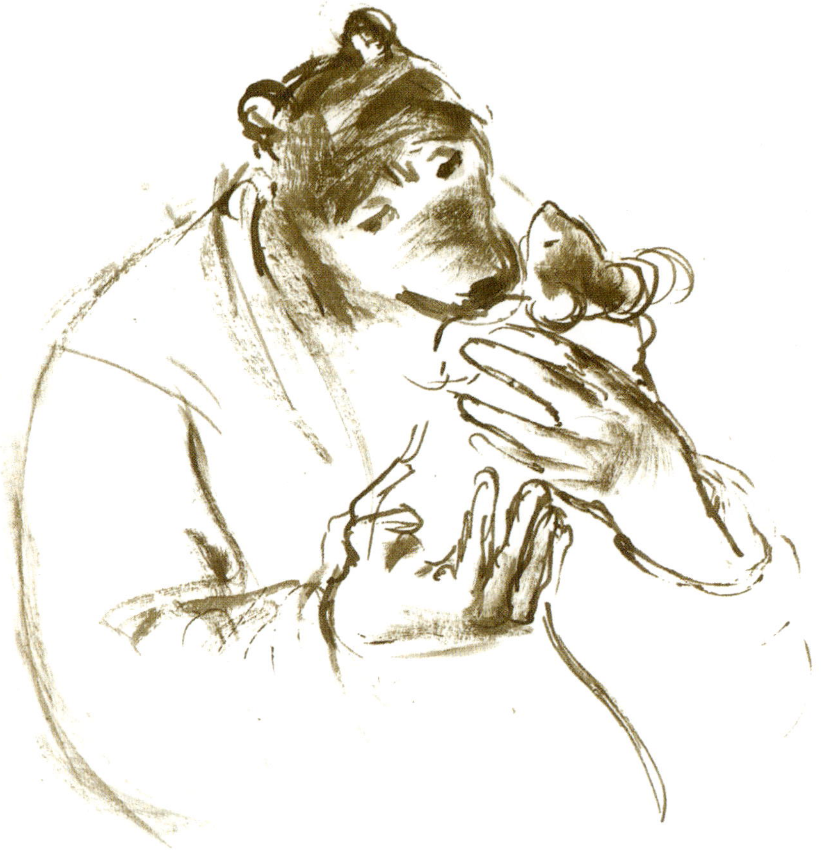

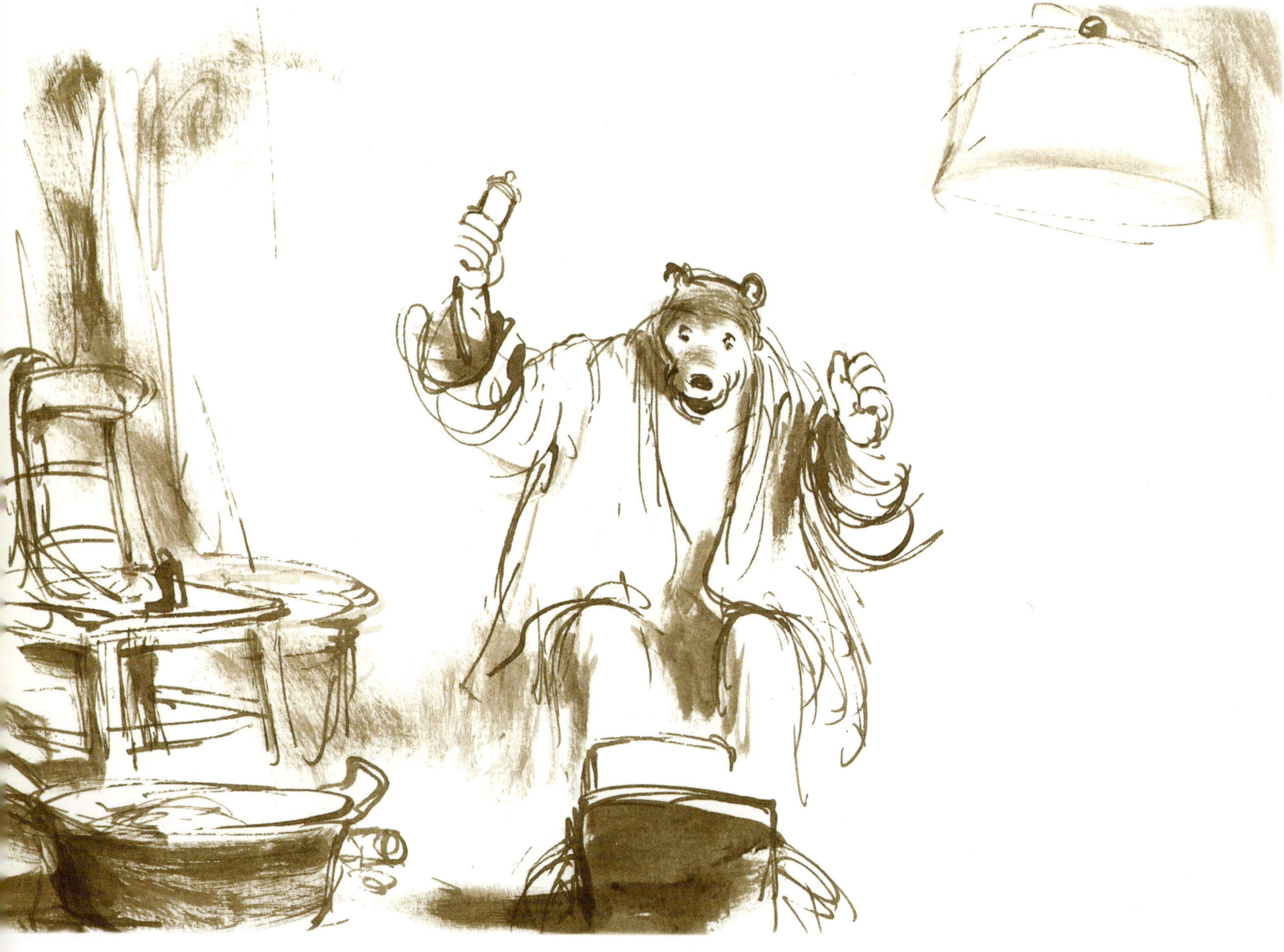

– On s'est retrouvés, hein, Célestine !

Elle se soulève !

Mon cahier. Vite !
Le 20 mai. Célestine m'a souri.

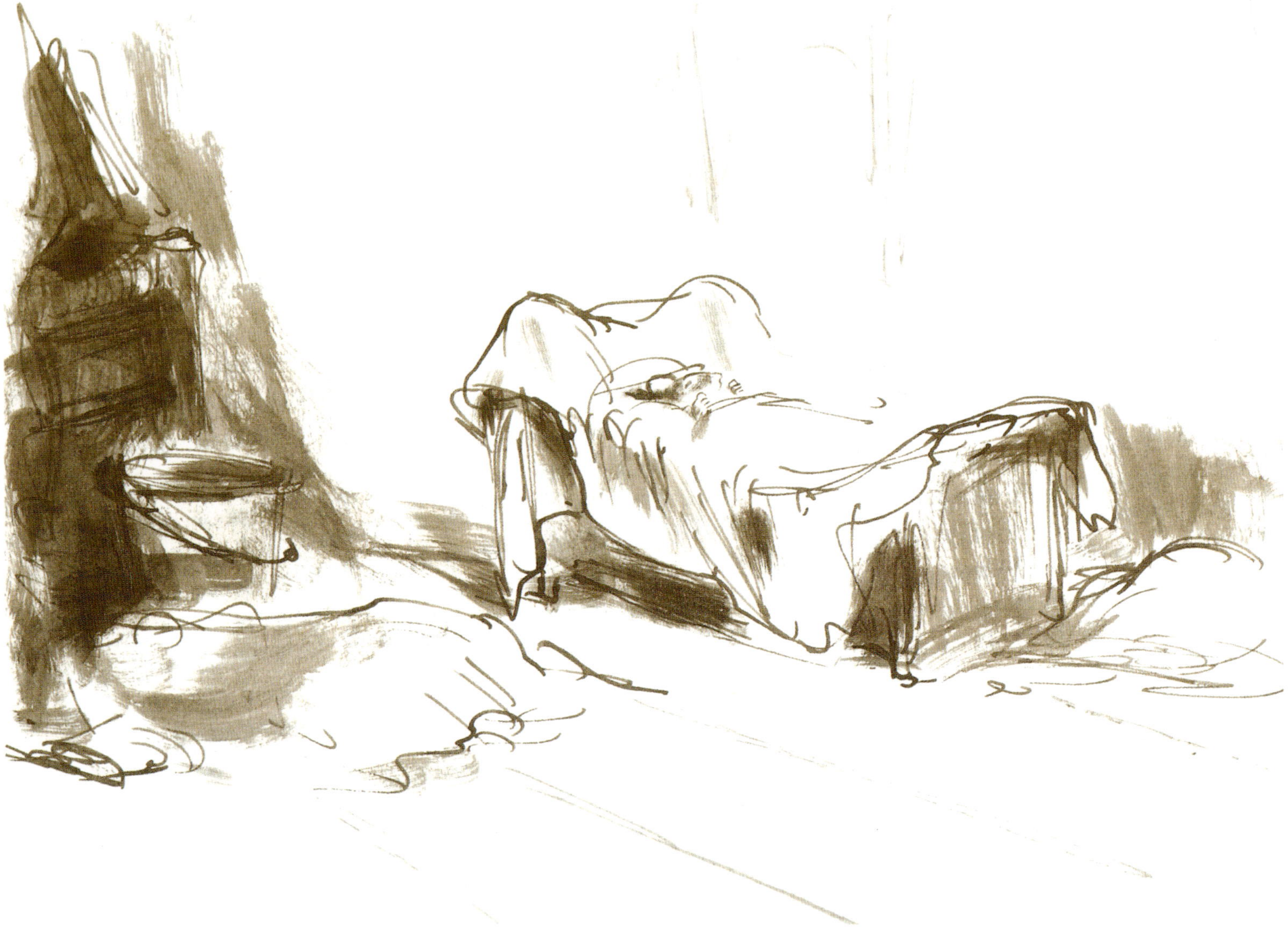

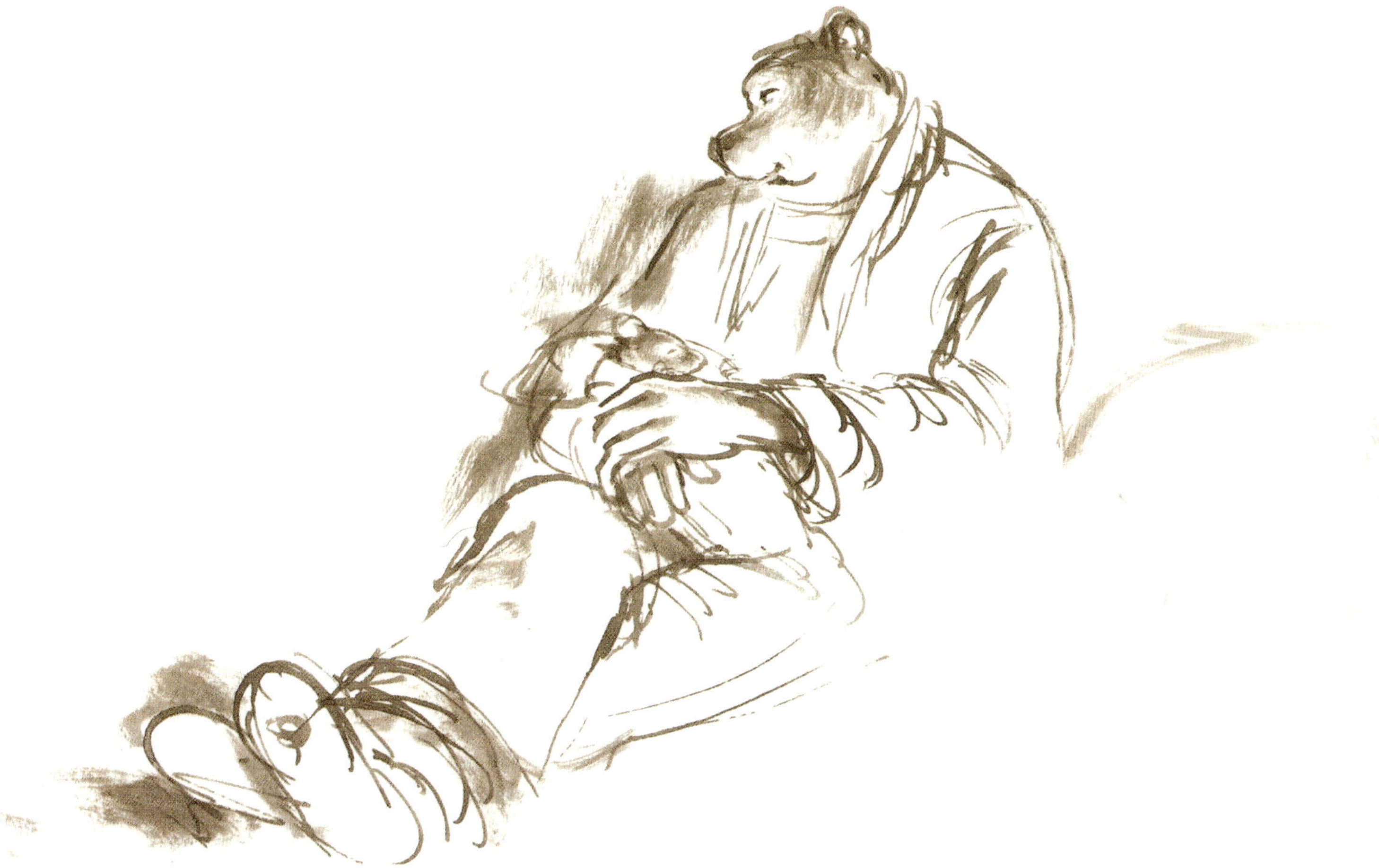

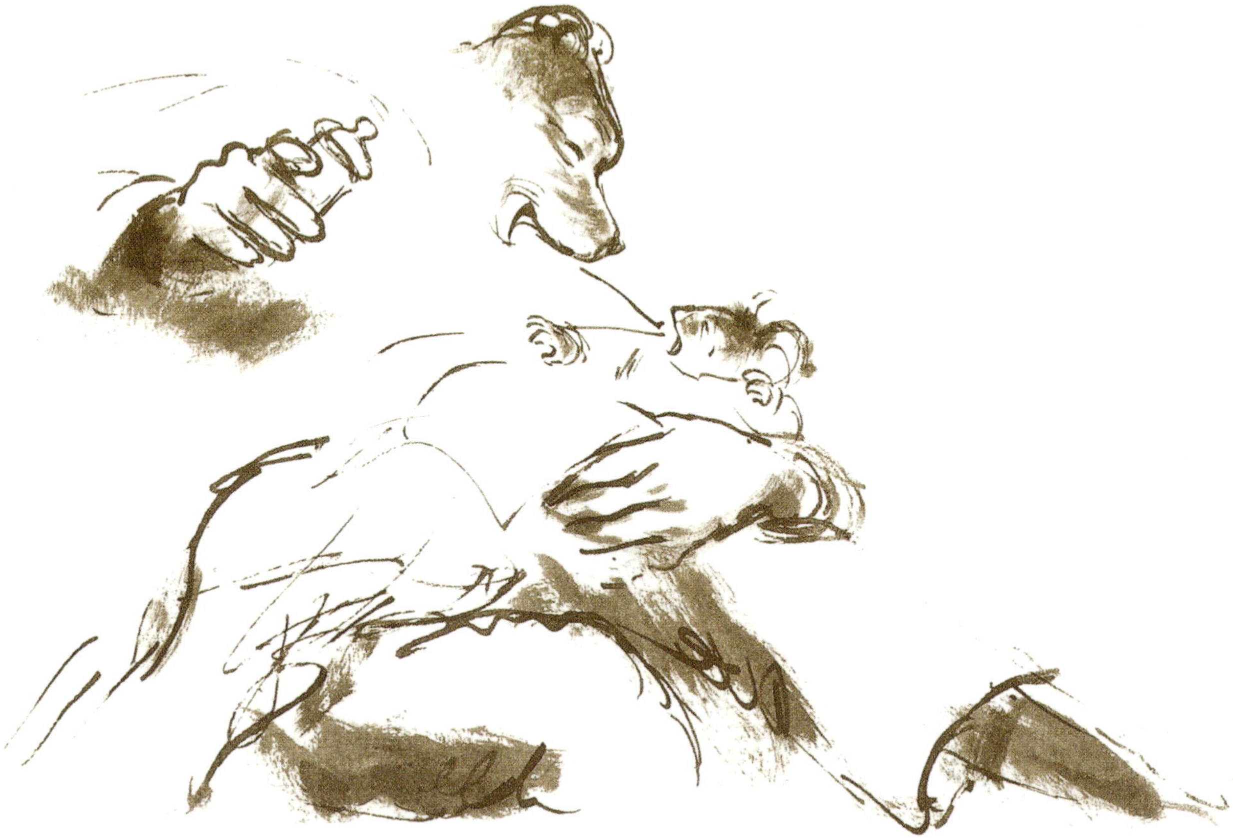

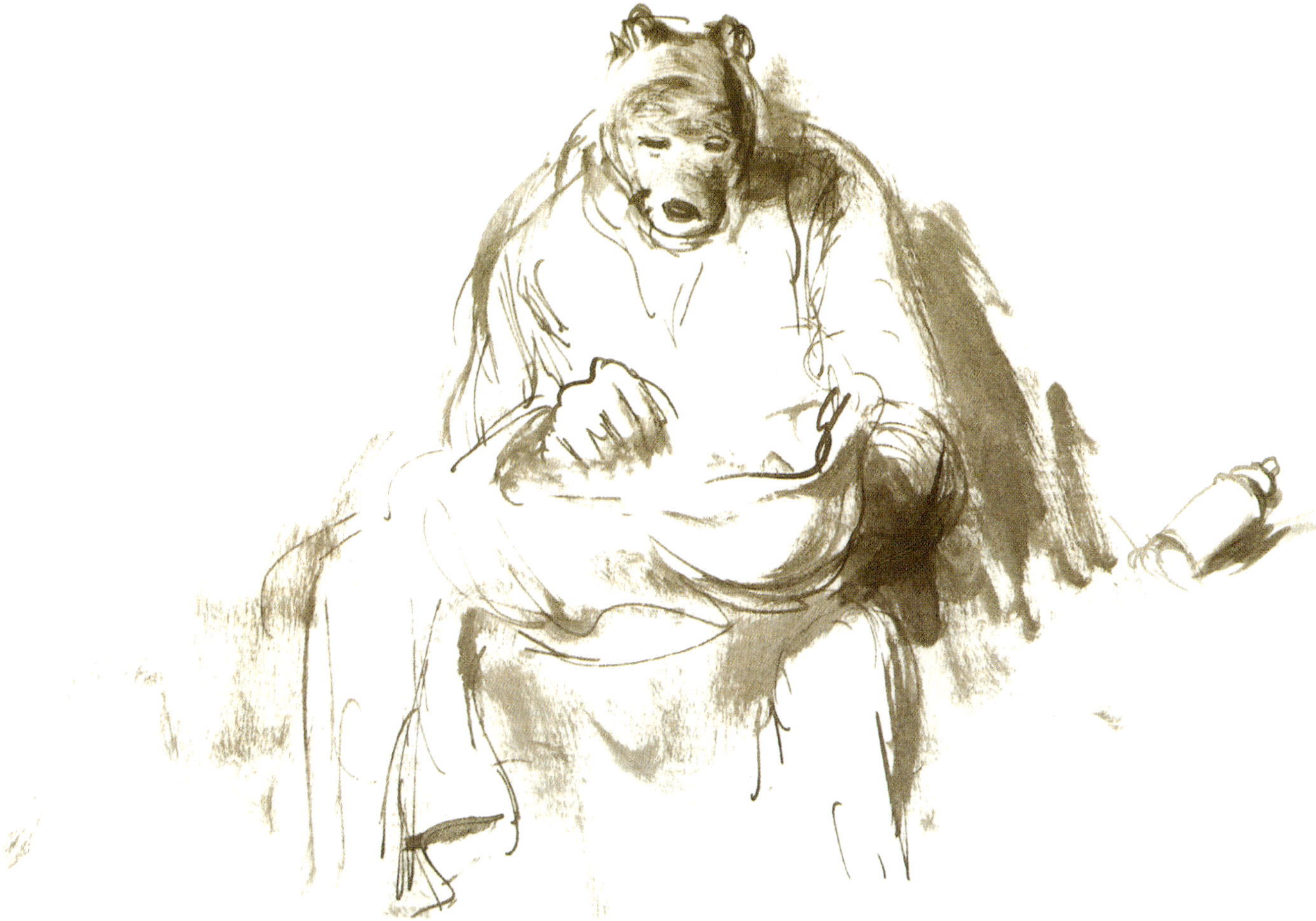

– Dors, Célestine,
je suis là.

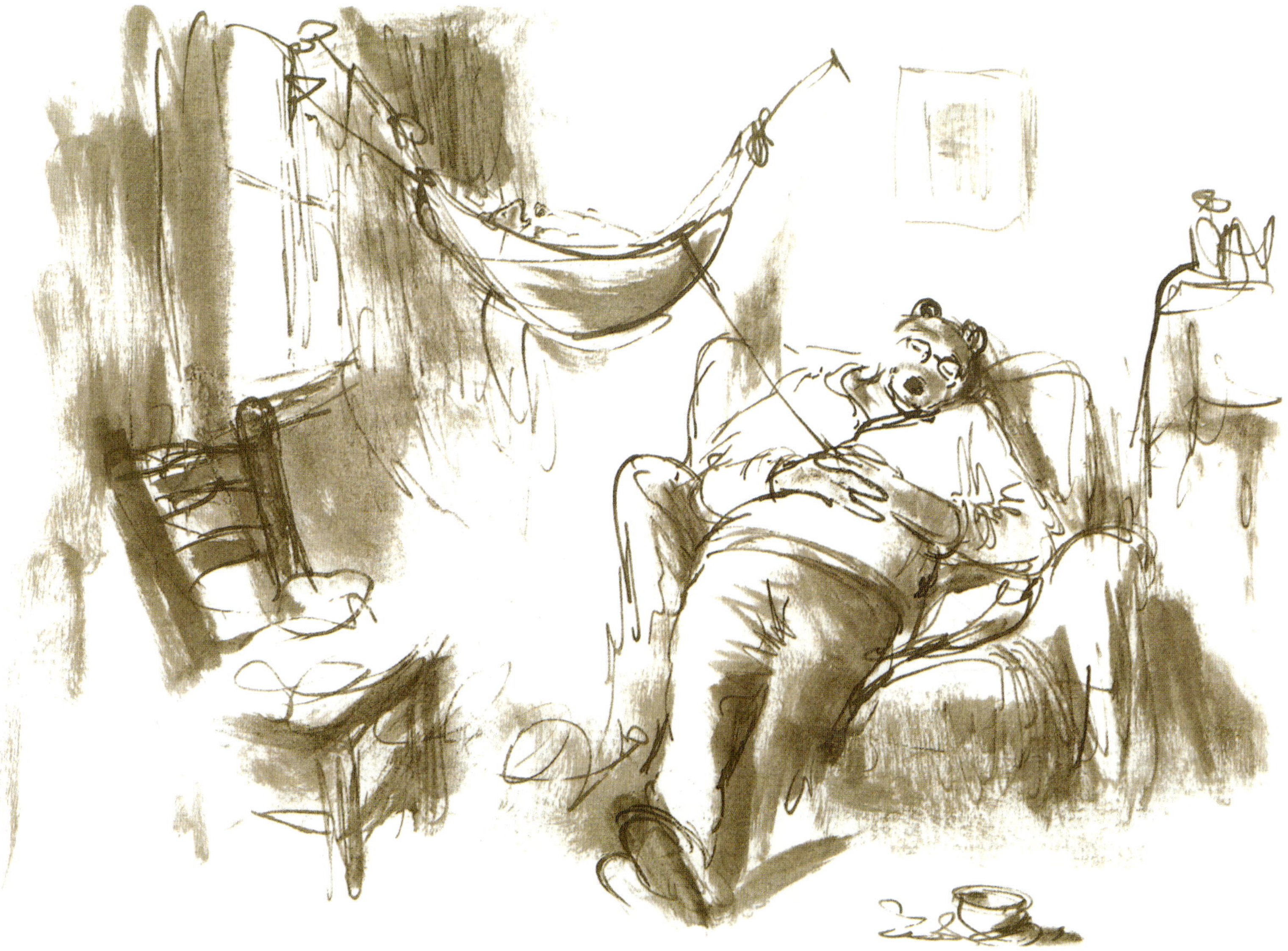

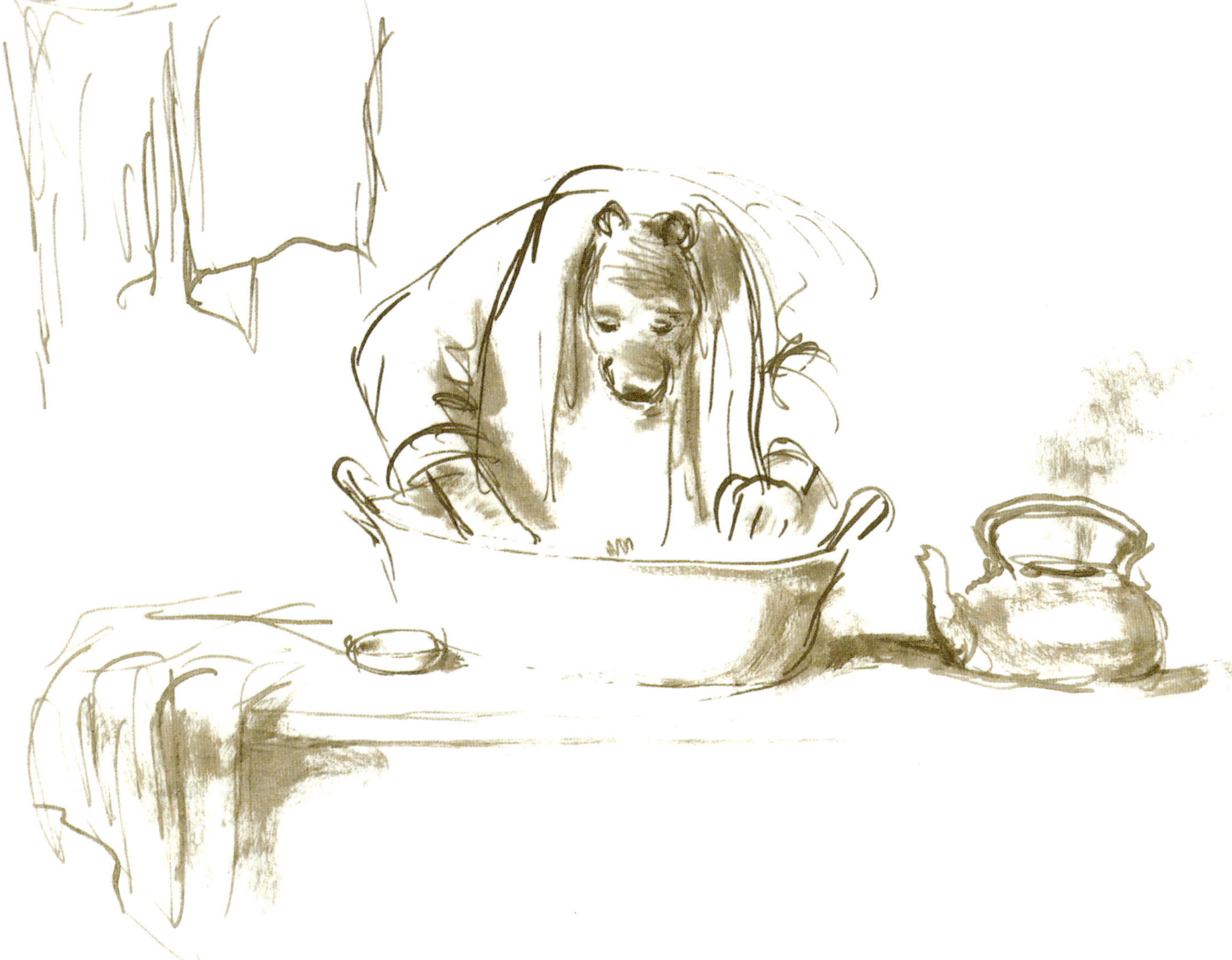

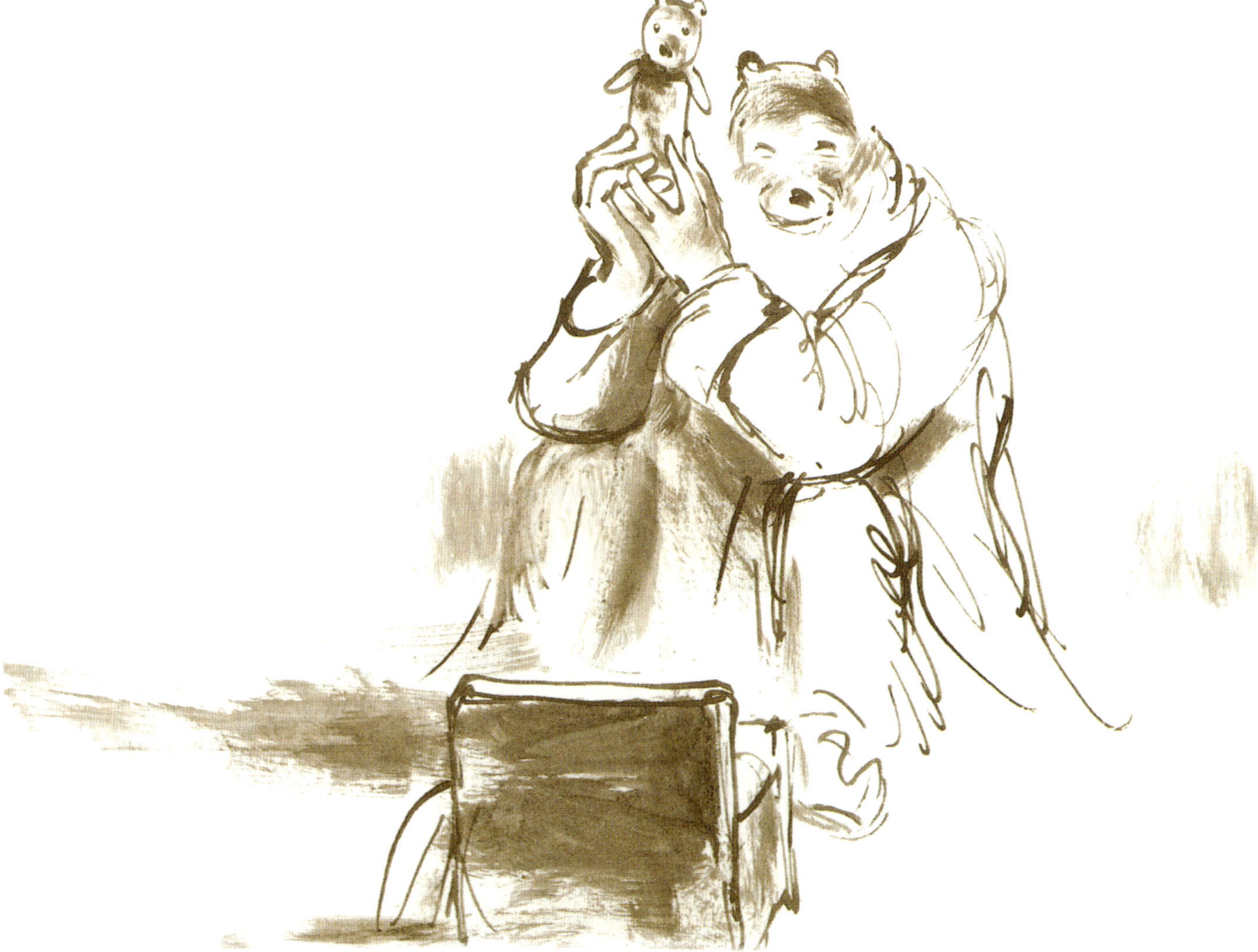

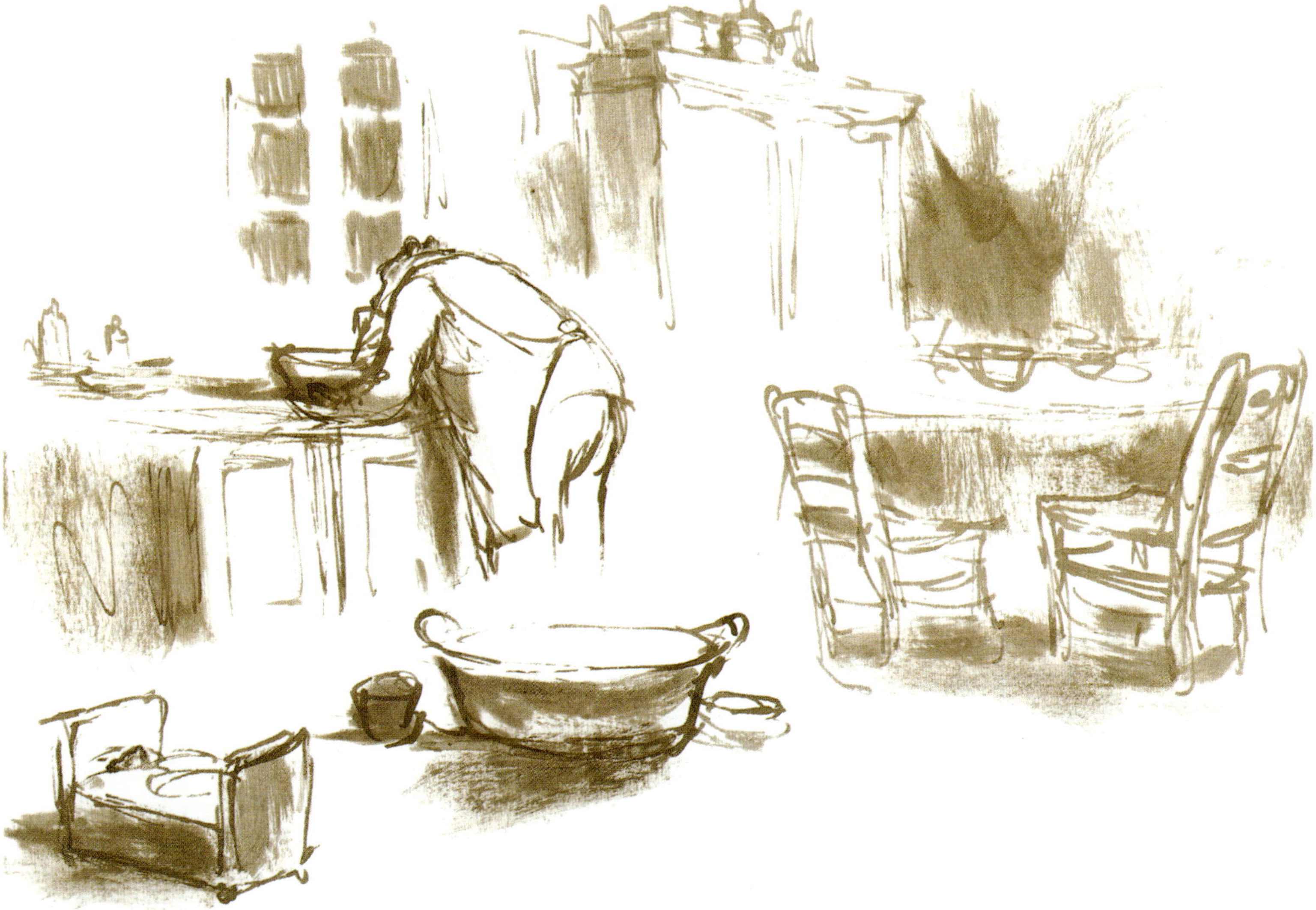

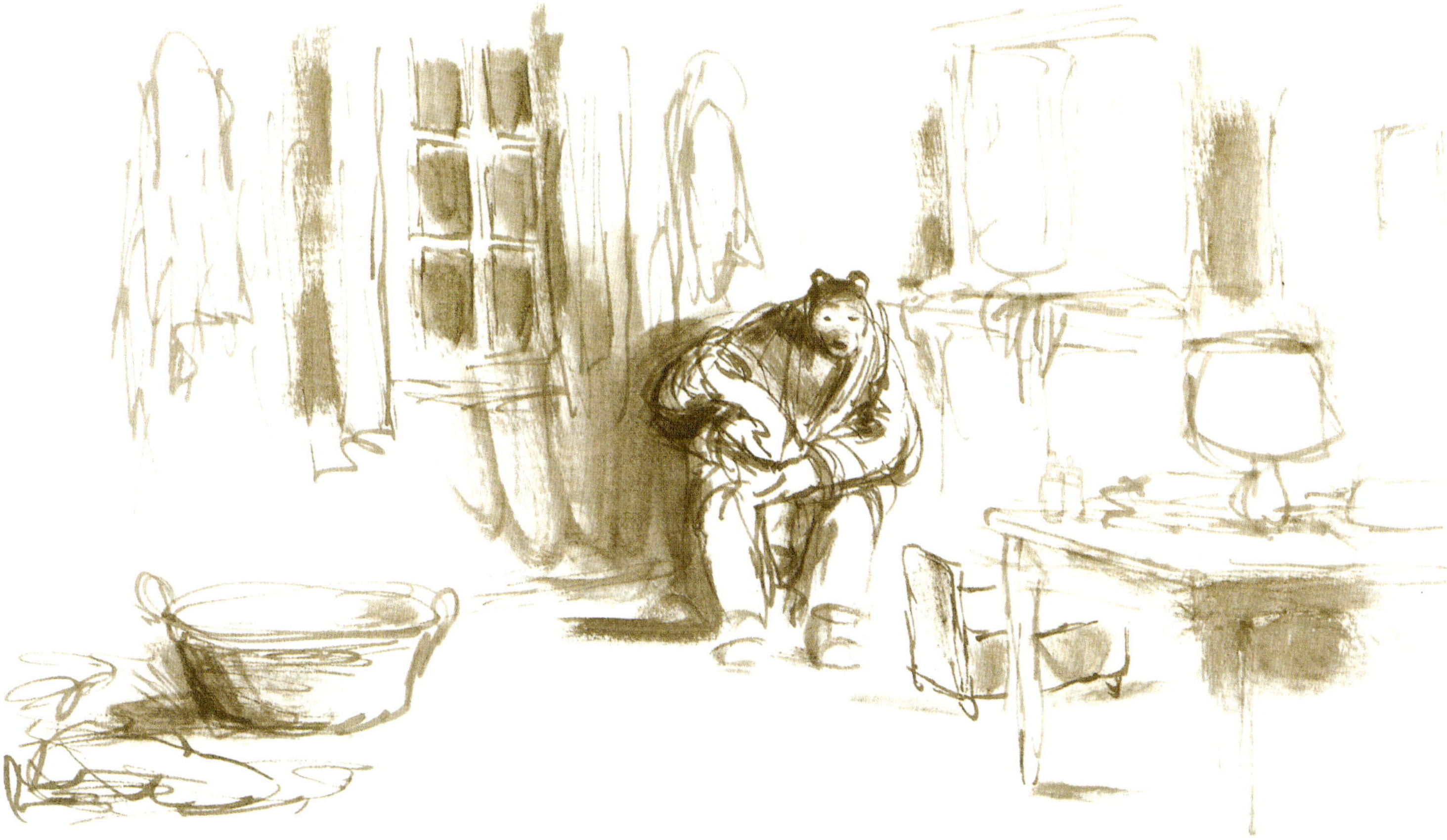

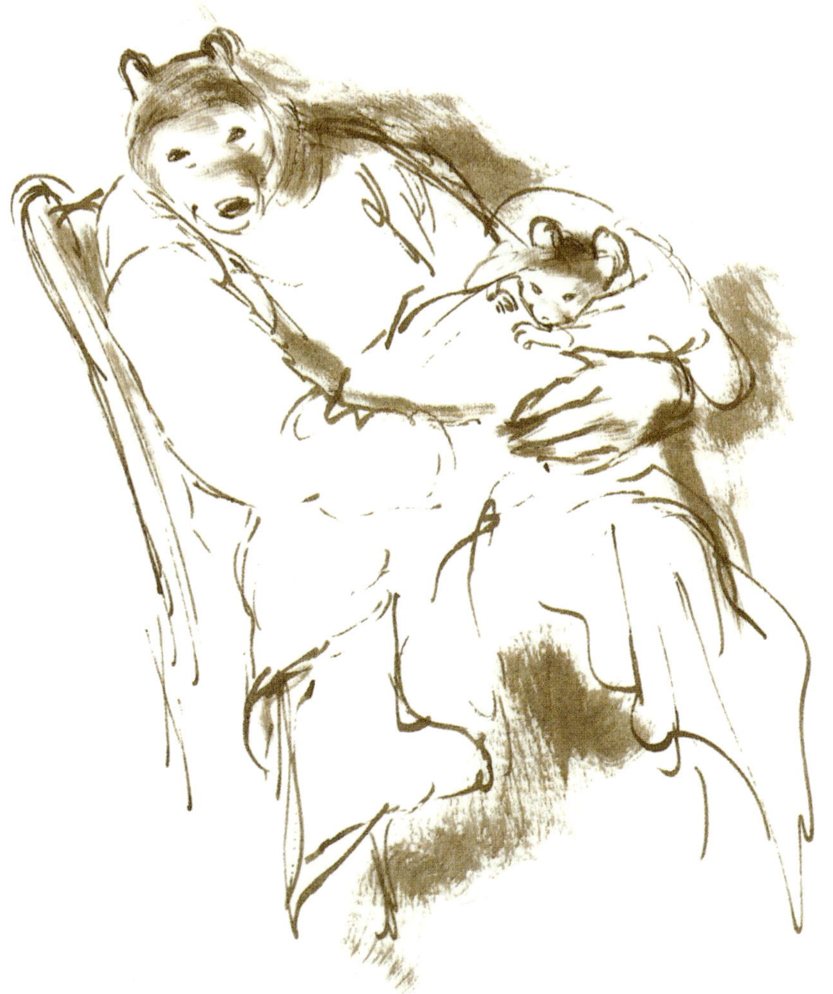

Maintenant vous savez
comment notre histoire a commencé
et pourquoi elle ne finira jamais.

Postface

Quelques traces…

Ce sont des personnages déjà classiques, et pourtant ils ne sont apparus qu'en 1981 (année de la publication d'*Ernest et Célestine ont perdu Siméon*, le premier album de la série). Ils ne sont pas datés car ils vont à l'essentiel : aux sentiments échangés. Ils racontent la vie de tous les jours, avec une incroyable simplicité. L'auteur n'aimait pas les interviews, elle se fichait bien de la mode, et le succès international de ses personnages la laissait plutôt indifférente, même si cela lui faisait plaisir de recevoir des lettres venues de l'autre bout du monde.
Elle m'a dit plusieurs fois, en refusant l'invitation d'une prestigieuse émission de télévision ou la rencontre avec un journaliste renommé : «Tout est dans mes livres». Au moment où je fis sa connaissance, elle travaillait à *La Naissance de Célestine*. C'était un livre hors normes : cent soixante-seize pages au lieu des trente-deux habituelles, le tout en deux tons sépia alors que, c'est bien connu, il n'y a que la quadrichromie qui marche. Je me laissai convaincre par ses arguments : il lui fallait beaucoup de pages pour raconter ça, cette histoire clé. Mais c'était un investissement lourd, risqué, et j'étais inquiet. Je me trompais. Ce fut un très gros succès, la critique internationale salua l'album comme un chef-d'œuvre, des adultes pleuraient dans les librairies en le feuilletant. Elle avait touché les gens au cœur. Avec ce livre-là, quelque chose avait basculé : pas seulement pour elle, d'ailleurs. Le succès de *La Naissance*, réimprimé rapidement après sa sortie, et plusieurs fois depuis, montrait que c'était possible, qu'un ouvrage sortant des sentiers battus pouvait séduire un large public. À partir de là, beaucoup d'autres expériences furent possibles.
Mais il y avait plus important : son trait, dans ce livre, s'éloignait beaucoup de «l'imagerie», il se rapprochait, par sa liberté, par les matières suggérées au pinceau, de son travail pictural. À partir de là, je l'encourageai à poursuivre dans cette voie pour ses autres albums, et elle ne demandait que ça.

Tous ceux qui l'ont rencontrée savent bien qu'elle ressemblait à Célestine, ou plutôt que Célestine lui ressemblait. Et pas seulement au physique. Elle était tour à tour coquette, espiègle, enjôleuse, colérique, exigeante (surtout vis-à-vis d'elle-même), capricieuse, subtile, comprenant tout très vite, posant énormément de questions. Et si vous étiez son complice, il arrivait qu'elle vous appelle «Ernest».

Plusieurs fois, en pleine nuit - elle travaillait beaucoup la nuit, quand les autres dormaient - des idées nouvelles lui venaient au sujet de «ces deux-là», comme elle les appelait. Un jaillissement sans fin, qui s'alimentait de sa propre profusion. Et ça, jusqu'au bout. À la fin, elle a peint comme jamais. Puis, elle a achevé, alors même qu'elle n'en avait presque plus la force, un dernier album avec «ces deux-là». Un album où, précisément, il est question de savoir d'où l'on vient. C'était, elle le savait, le point final à son travail. Et un retour au mystère de la naissance. Ce n'est pas rien. Quelques jours avant de partir, elle est venue m'apporter la maquette et les illustrations destinées à ce nouveau projet. Elle y avait mis ses dernières forces, c'était bouleversant. *Les Questions de Célestine* touchent à l'essentiel, aux questions que chacun se pose sur sa propre naissance. Le rire et les larmes mêlés, la réconciliation de soi avec soi, voilà ce qu'on allait y trouver. Nous feuilletions ces pages, quand elle me dit simplement : «La boucle est bouclée».

Les Questions de Célestine font suite à *La Naissance*, l'album clé qui raconte «comment tout a commencé». Mais elle envisageait d'autres livres, qui prolongeraient l'histoire, qui raconteraient, de façon toute simple, la petite enfance de Célestine. Les quelques esquisses qui illustrent la présente postface, dessins jetés «n'importe comment» (ce sont ses propres termes), révèlent son trait à l'état brut. Traces d'un projet où l'on aurait vu Célestine apprendre à monter a bicyclette… Traces du rêve.

Arnaud de la Croix

Les esquisses de Gabrielle Vincent sont publiées avec l'aimable autorisation de Benoît Attout, légataire de l'artiste.